Judith Hermann

Au début de l'amour

Traduit de l'allemand par Dominique Autrand

Albin Michel

Milady est un label des éditions Bragelonne

Titre original : *Aller Liebe Anfang*

ISBN : 978-2-8112-1945-1

Bragelonne – Milady
60-62, rue d'Hauteville – 75010 Paris

E-mail : info@milady.fr
Site Internet : www.milady.fr

Pour Amad

C'est ainsi – Stella et Jason se rencontrent dans un avion. Un petit avion à hélices, il n'y a pas d'autre vol. Stella revient du mariage de Clara. C'est elle qui a attrapé le bouquet de la mariée, c'est sans doute pour ça qu'elle est aussi bouleversée, et puis il a fallu qu'elle dise au revoir à Clara, c'est pour ça qu'elle est aussi perdue. Ç'a été un beau mariage, désormais Stella doit envisager la suite toute seule. Jason revient du chantier, il a posé du carrelage, c'est pour ça qu'il est couvert de poussière, et il a travaillé toute la nuit, il a rejoint l'aéroport à l'aube, c'est pour ça qu'il est aussi fatigué. Le chantier est terminé, il va se chercher un nouveau travail. Le destin, quel qu'il soit, place Stella à côté de Jason, rangée 18, sièges A et C. Stella conservera des années sa carte d'embarquement. Des années. Jason est assis près du hublot, le siège voisin est libre, celui de Stella est côté couloir, mais elle s'assied malgré tout à côté de Jason, c'est plus fort qu'elle. Jason est grand et maigre, pas rasé, ses cheveux noirs sont gris de poussière. Il porte une veste en grosse laine et un jean sale. Il regarde Stella comme si elle avait perdu la boule, il la regarde d'un air mauvais, elle le réveille en sursaut. Sans prendre aucun détour. Impossible de différer quoi que ce soit. Si Stella n'avait pas attrapé le bouquet de la mariée de Clara – jasmin et lilas, une splendeur luxuriante liée par un ruban de soie –, elle ne serait pas aussi fébrile. Les joues brûlantes, un manque de distance effrayant.

Stella. Je m'appelle Stella.

Elle dit, j'ai peur de l'avion, je ne supporte pas l'avion, je peux m'asseoir à côté de vous, est-ce que je pourrais juste rester assise à côté de vous, s'il vous plaît.

C'est la vérité. L'expression du visage de Jason change, elle ne devient pas franchement douce, mais elle change. Il dit, c'est pas la peine d'avoir peur de l'avion. Asseyez-vous. Je m'appelle Jason. Asseyez-vous.

L'avion roule sur la piste d'envol, accélère, décolle et vole. L'avion vole haut dans le ciel blême et lointain, il perce les nuages, au-dessous d'eux la terre ferme, une autre vie, passée, qui s'éloigne. Les mains de Jason sont sales, pleines de peinture. Il retourne sa main droite et présente à Stella sa paume ouverte. Stella pose sa main gauche dans la sienne, il a la main rêche et chaude. Il attire la main de Stella vers lui, la pose sur ses genoux, ferme les yeux, puis s'endort. Plus tard, ce sera un présage. Stella aurait déjà pu comprendre à l'époque – elle a peur, et Jason dort. Il dort, bien qu'elle ait peur. Mais lui dirait qu'il a dormi pour qu'elle voie bien qu'il était absurde d'avoir peur. À l'époque elle n'a pas compris ça.

Quand l'avion atterrit, il ouvre les yeux et sourit. Des yeux si sombres, presque noirs et à l'expression absente, en fait. Mais il sourit. Il dit, bon alors, Stella, vous avez tenu le coup. Maintenant il prend sa main entre les deux siennes, et il lui embrasse la main, le dos de la main, un baiser ferme et franc.

Si on se revoyait, dit Stella. Revoyons-nous.

Oui, dit Jason, il dit ça sans réfléchir – oui.

Stella écrit son numéro de téléphone sur la carte d'embarquement de Jason. Puis elle se lève et s'enfuit, elle sort de l'avion, descend la passerelle métallique et rejoint la terre ferme, sans même un regard en arrière.

Il fait frais, il pleut. Impossible de savoir ce qui se passera ensuite.

Jason appelle trois semaines plus tard. Stella ne lui demandera jamais ce qu'il a fait pendant ces trois semaines, à quoi il a bien pu réfléchir pendant tout ce temps, et à quelle conclusion il est arrivé.

Chapitre premier

La maison est située dans un lotissement à la lisière de la ville. C'est une maison simple sur deux niveaux, avec un toit de tuiles moussues, une baie vitrée à côté de la porte d'entrée et une véranda sur l'arrière. Le terrain n'est pas grand. Limité, côté rue, par une haie de jasmins. Une bâche est tendue au-dessus du bac à sable, autour de la table de jardin sont déjà disposées trois chaises sous un prunier encore dénudé. Dans le gazon ras, des fleurs jaunes aux tiges fragiles, peut-être des hellébornes. À la lisière du jardin commence un pré à l'abandon, un terrain vague, qui sait pour combien de temps, un jour ou l'autre on construira là de nouvelles maisons. Mais pour l'instant le jardin se prolonge tout simplement dans le pré, orties et herbes folles poussent à travers la clôture.

La maison de Stella et Jason. C'est la maison de Stella et de Jason, c'est la maison que Jason achète quand Stella est enceinte d'Ava. Une maison pour une famille. Pas une maison pour toujours. D'ici aussi on déménagera, dit Jason, on ira ailleurs.

La véranda sent la terre et le gravier mouillé. Sur le canapé, une couverture orange, devant sur la petite table des livres d'enfants, des crayons à la cire, une théière, sur le tapis une chaussure unique d'Ava à côté d'une pile de journaux. Du canapé, le regard à travers les fenêtres plonge dans le jardin et au-delà de la clôture jusque dans le champ. L'herbe d'hiver est encore d'un vert pâle, on dirait une étendue d'eau. On dirait que le vent plonge ses mains dans cette herbe, dans cette eau. Les nuages filent.

Quand Ava est assise dans le bac à sable et que Stella la regarde du canapé – Ava fait un gâteau de sable, elle décore le gâteau avec des coquillages et des petits cailloux, elle propose du gâteau à quelqu'un que Stella ne peut pas voir, d'un ton égal et direct, sans formule de politesse –, elle doit parfois réprimer son impulsion de se lever d'un bond, d'arracher Ava au bac à sable et de se réfugier avec elle à l'intérieur de la maison ; comme si une tornade arrivait à travers le pré, une chose énorme, informe. Pourquoi pense-t-elle ça ?

C'est ton subconscient, dit Jason quand elle essaie d'en parler avec lui. Juste ton subconscient ou celui des tiens, le subconscient des générations.

Juste ton subconscient.

Je ne sais pas si je peux te suivre, aimerait dire Stella.

Elle aimerait dire, c'est peut-être aussi un désir ? C'est peut-être une furieuse nostalgie.

Mais elle ne parle pas de cette façon avec Jason. Rarement.

De la véranda, une porte à moustiquaire s'ouvre sur la cuisine. La cuisine est claire. Une cuisinière et un évier sous la fenêtre, au centre une table avec quatre chaises dépareillées, au-dessus de la table une lampe sous laquelle tourne un petit cheval en papier. Des cartes postales sur le réfrigérateur métallisé. De la vaisselle en vrac dans un placard, au bouton de la porte du placard est accroché un bouquet de lavande séchée lié avec de la ficelle. Le mur du fond est peint en bleu, devant le mur bleu, sur le coffre pour les bottes d'hiver, une peau de mouton sur laquelle Ava veut parfois s'endormir mais ne s'est encore jamais endormie. Des bouteilles vides et une autre pile de journaux dans le coin derrière la porte qui mène au séjour, la seconde porte à côté donne sur le couloir, du couloir on accède aussi au séjour ou, plus loin, à la pièce de Jason ou à la porte de devant et à l'extérieur.

La baie vitrée appartient à la salle de séjour. Dans le séjour, il y a un fauteuil bas près de la fenêtre dans lequel Stella lit le soir sans se soucier du fait que, une fois l'obscurité venue, elle est dans ce fauteuil comme sur une scène. Elle lit ce qui lui tombe sous la main, elle lit tout, si un livre lui tombe sous la main elle l'ouvre et elle plonge, ça a quelque chose d'inhumain. Jason dit parfois, si on t'enlevait les livres, tu mourrais. Est-ce que tu mourrais ? Stella ne répond pas à cette question. En pleine journée, entre les choses à faire, à traiter, à régler, elle prend un livre et lit une page, deux pages, c'est un peu comme respirer, elle serait presque incapable de dire ce qu'elle vient de lire, il s'agit aussi d'autre chose. D'une forme de résistance. De contradiction. Peut-être qu'il s'agit de disparaître. C'est possible.

Les livres de Stella s'empilent tout autour du fauteuil. Depuis quelque temps, les livres d'Ava aussi s'empilent autour du fauteuil. Des livres d'enfants, en carton épais.

Voici la porte bleue. Voyons qui habite là. Nous allons frapper à la porte. C'est à toi, frappe !

Dans le vestibule, un escalier monte à l'étage. Le courrier est posé sur la marche du bas, sur celles au-dessus le bonnet d'Ava, une clé de vélo et une craie, un petit cheval en plastique, une balle en caoutchouc, un kaléidoscope cassé, le squelette d'un dinosaure, et sur la dernière marche un porte-monnaie d'enfant brodé de perles multicolores. Quatorze marches, Stella le sait depuis qu'Ava apprend à compter. En haut il y a trois pièces, la chambre à coucher, au milieu une pièce pour Stella, et la chambre d'Ava ; ici, la lampe globe est encore allumée et sous le plafonnier les étoiles et les lunes du mobile se balancent dans le courant d'air. Le lit est contre le mur, sur le couvre-lit bien lissé, au bord, il y a un petit creux – c'est là qu'Ava était assise ce matin, et Stella lui a tressé les cheveux en deux nattes noires et raides. Les animaux en peluche sont calés les uns contre les autres, bien alignés et solennels, le tigre et le chat, le petit hérisson ébouriffé. Sur la table rouge, la pile de cartes de Memory d'Ava est nettement plus grosse que celle de Stella. Au rocking-chair est suspendue une robe de princesse froissée. Sur l'étagère, une rangée de photos encadrées qui font parfois à Stella l'effet d'une collection de papillons, du temps épinglé, retenu, la beauté extrême, presque insensée, d'instants isolés. Ava bébé. Ava avec Jason dans une barque au milieu des roseaux. Ava sur une chaise en bas dans la cuisine, droite comme un *i* dans son pyjama à carreaux et les cheveux emmêlés. Ava sur les genoux de Stella et après la sieste. Et une photo de Stella et Jason au bord de la mer, cette photo prendra peut-être un jour une signification pour Ava, ses parents au bord de la mer au cours de l'unique et brève année où Ava n'existait pas encore. Inconcevable, et tout simple en même temps.

La porte de la chambre à coucher est entrebâillée. Derrière, le lit n'est pas fait, les couvertures sont en désordre, les oreillers n'ont pas été secoués, le drap a glissé. Le rideau de la fenêtre est encore fermé, la lumière du soleil dessine une étroite bande sur le plancher à côté de la chemise de Jason, du livre de Stella.

Dans la pièce de Stella, le bureau est près de la fenêtre. Sur le bureau, une carte postale de Clara contre un vase en verre. Il y a aussi des livres sur cette table, du papier à lettres, le stylo à bille posé en travers de la ligne *Très chère Clara, ce matin il y a un tel silence, comme si une catastrophe s'était produite quelque part, et je descends l'escalier et j'ouvre la porte d'entrée parce que*... Le tic-tac du réveil sur l'appui de la fenêtre perce ce silence. Sur le lit d'appoint sont étalés du papier-cadeau, des photocopies des plannings de travail de Stella, des chemisiers à repasser. La fenêtre coulissante est ouverte, le vent s'engouffre dans le papier à lettres, disperse les feuilles.

Dans la porte d'entrée sont enchâssés trois carreaux de vitrail, deux lys et une mouette. Les vitraux ont été offerts à Stella par Clara pour son emménagement. Pour la naissance d'Ava. Pour le mariage de Stella, le déménagement, leur seconde séparation. Clara est la meilleure et la seule amie de Stella. Pourquoi tu n'as qu'une seule amie, dit Ava, une amie ça suffit amplement, intervient Jason, il parle à la place de Stella, et Stella dit, oui, on dirait. On ne peut pas voir à travers les vitraux, ni vers l'intérieur, ni vers l'extérieur. On peut juste voir au-dehors à travers le fenestron à droite de la porte, jusqu'au portail du jardin. Un portail en fer forgé dans une clôture en fer forgé. Jason a acheté la clôture avec la maison et a voulu aussitôt l'arracher, heureusement il n'en a pas encore eu l'occasion. Stella est contente de cette clôture. La clôture maintient en place pas mal de choses, le jardin, la maison, les livres, Ava et Jason, leur vie, ce n'est pas comme si tout cela, sans la clôture, allait s'éparpiller dans la nature, non, mais Stella trouve que les limites, c'est important, maintenir à distance, avoir un espace à soi. Le fenestron à côté de la porte d'entrée dessine un cadre à la vue qu'on a sur la clôture, sur le portail du jardin. Il faut que tu mettes quelque chose à cet endroit, a dit Clara, une Vierge ou quelque chose comme ça, mais Stella n'a encore rien trouvé qui puisse aller là.

Voici la maison un jour de printemps.

Il n'y a personne.

Stella est absente, elle travaille comme infirmière, ses patients habitent dans les maisons du nouveau lotissement à l'autre bout de la rue principale.

Jason n'est pas là non plus, il construit une maison au bord du lac.

Ava est au jardin d'enfants, elle est dans le groupe bleu, on lui a cousu une fleur bleue sur son petit manteau, pour qu'elle ne l'oublie pas, et elle porte sa fleur bleue comme une médaille.

Le portail du jardin est fermé, bien sûr.

La rue est déserte, personne en vue, ces petits oiseaux dans la haie ne font presque pas de bruit.

Chapitre 2

Trois semaines plus tard, Stella est à la maison. Il est midi pile.

Stella est souvent à la maison à midi. Elle a trois patients sur son planning hebdomadaire, Esther, Julia et Walter, le plus souvent elle assure le service du matin chez Esther, et celui de la journée chez Walter, chez Julia ça dépend du mari de Julia, Dermot, de son état, ces derniers temps son état n'est pas bon. Mais ce jour-là, Dermot se sent en mesure d'assumer seul la visite du médecin avec Julia, et Stella reste à la maison. Peut se permettre d'être seule à la maison à midi.

L'heure de midi est tranquille dans le lotissement. Les maisons sont désertées, les gens ne rentrent qu'à la fin de leur journée de travail. Stella aime bien être seule. Elle se suffit tout à fait à elle-même, il y a le jardin, les livres, le ménage, la lessive, les longues conversations téléphoniques avec Clara, lire le journal, ne rien faire. Autrefois, elle a habité en colocation avec Clara dans un appartement en ville, dans une rue avec beaucoup de cafés, de bars et de clubs ; les gens étaient assis à des tables juste devant la porte de l'immeuble, sous des parasols et des auvents, et leurs voix et leurs conversations, leurs soucis, conjectures, promesses, exposés emphatiques sur le bonheur et le malheur résonnaient dans la nuit jusqu'à la chambre de Stella et Clara, en haut. Jamais. Pour toujours. À jamais, jamais plus, à demain, au revoir. Il n'y a pas si longtemps. Stella ne peut pas dire qu'elle regrette cette vie-là. Aujourd'hui elle reste volontiers seule, autrefois elle n'aimait pas être seule, c'est aussi simple que ça, mais elle ne sait plus très bien quand s'est opéré ce changement. De quelle façon, subitement ou petit à petit ? Au fil des mois ou bien du jour au lendemain, entre un certain jour, que Stella a oublié, et un autre jour. Pour Clara, c'est pareil. Clara vit dans un moulin, loin, à mille kilomètres, elle a maintenant deux enfants, et elle est aussi avide de solitude que Stella. Ça tient aux enfants, dit Clara. Ils te bouffent. Stella pense à ça quand elle est assise à la table de la cuisine avec Ava le matin et qu'elle la regarde manger une banane, boire du thé au miel.

Clara dit, vous nous bouffez. Pas vrai, Ava ?

Ava rit, surprise. Indignée et un peu prise en faute.

Les jours où Stella est libre jusqu'à midi, elle emmène Ava au jardin d'enfants à vélo, revient à la maison, laisse le vélo dans le jardin de devant, ouvre la porte, entre dans le vestibule avec un net sentiment de gratitude, comme si autour d'elle tout était temporaire, comme s'il n'y avait pas la moindre sécurité durable. Elle serait incapable de dire comment elle passe ces matinées, ces trois ou quatre heures. Elle range la cuisine. Elle se lave les cheveux. Elle écrit une carte à Clara, elle lit un peu le journal, elle lit un livre, elle lave des affaires d'Ava, traite le courrier de Jason et les factures, s'occupe des plantes dans les pots en argile sur l'appui de la fenêtre, tasse la terre avec son index autour des rhizomes et casse les petites tiges fanées comme Jason le fait toujours. Debout à la fenêtre de la cuisine, elle regarde le pré là-bas, par-delà le jardin, les formations de nuages sombres et luisants très loin au-dessus de la ville. Puis elle se fait une pleine théière de thé. Elle allume la radio et écoute un reportage de voyage, éteint à nouveau. Elle monte l'escalier et met le linge repassé, plié dans la commode d'Ava. Reste dans la chambre d'Ava et regarde la nature morte sur la table d'Ava, une pomme entamée, une carte de Memory, de fins copeaux de crayons de couleur, un verre de jus de fruits. Elle a envie de ranger ça ; elle a envie que ça reste exactement tel que c'est. Il faut qu'elle parte dans un quart d'heure. Il faut qu'elle parte. Cette fois il faut qu'elle y aille.

Trois jours plus tard Stella est seule à la maison à midi en train de laver la vaisselle quand on sonne à la porte. Sa tasse à thé, la tasse d'Ava, deux assiettes, un grand et un petit couteau, Stella est en train de laver un verre à midi moins trois, on sonne à la porte. Elle rince la mousse sur ses mains et ferme le robinet à contrecœur. Elle se sèche les mains avec le torchon à vaisselle, va dans le vestibule, se regarde brièvement dans le miroir, elle n'oubliera jamais que ce midi-là elle portait un jean et une chemise grise froissée pleine de taches d'eau, qu'elle avait les cheveux attachés avec une barrette d'Ava, elle est un peu fatiguée, elle n'a pas envie d'ouvrir la porte à quiconque, n'a pas du tout envie de parler non plus, elle n'oubliera rien de tout cela.

Stella tourne la clé dans la serrure et regarde en même temps par le fenestron à côté de la porte, dans le jardin, en direction de la clôture, du portail dans la clôture, évidemment le portail est fermé. Elle s'apprête à ouvrir, mais se ravise et ôte prudemment la main de la poignée ; dans la rue devant le portail se tient un homme qu'elle n'a jamais vu. Un homme jeune, dans les trente, trente-deux ans. Pas le facteur, pas un livreur de journaux, pas un représentant et pas non plus le ramoneur, un homme sans aucun équipement, sans sacoche, sans sac à dos, sans bouquet de fleurs, un homme en pantalon clair, veste sombre, que rien ne permet d'identifier. Une apparition. Il a les mains dans les poches de son pantalon. La tête inclinée. Et il regarde vers la maison, il regarde la porte d'entrée, peut-être le fenestron à côté de la porte.

Qu'est-ce qui la retient d'ouvrir la porte, d'aller vers lui à travers le jardin et d'ouvrir le portail, comme elle le ferait d'habitude.

Je ne sais pas, dira plus tard Stella à Clara. Je ne peux pas te donner de réponse, à cette question. Je n'ai pas ouvert la porte, j'ai reculé, j'ai eu peur. De quoi ?

Dehors dans la rue, l'homme attend. Puis il sort la main droite de sa poche et sonne à nouveau, et Stella sent tout à coup – ça l'agace presque – que son cœur accélère, peu à peu, de plus en plus, comme si son cœur comprenait quelque chose que Stella n'a pas encore compris. Sans quitter des yeux l'inconnu, elle décroche du mur le combiné de l'interphone, le tient contre son oreille gauche et dit, oui.

L'homme dehors dans la rue se penche. Stella ne sait pas du tout quel son, fort ou bien doux, aura sa propre voix dans la rue, elle ne se souvient pas d'avoir jamais utilisé cet interphone. Il parle dans l'appareil, elle a l'impression d'entendre sa voix en même temps dans son oreille et dans la rue, sa voix dans son oreille est pâteuse. Comme la voix des gens qui prennent des médicaments, qui sont sous traitement, ça ne fait aucun doute, Stella l'entend bien, elle s'y connaît.

Il dit, bonjour. Nous ne nous connaissons pas. Vous ne me connaissez pas. Mais moi je vous connais de vue et j'aimerais bien m'entretenir avec vous. Si vous avez le temps.

Ce n'est pas une question. Pas une vraie question, et on dirait qu'il récite, une phrase apprise par cœur.

Si vous avez le temps.

Stella éloigne un peu l'écouteur. Se peut-il que ce soit une blague ? Elle n'est pas tout à fait sûre de l'avoir bien compris. L'homme dehors est légèrement penché devant l'interphone de Stella et attend une réponse. Il ne répète pas. Il ne le redit pas une deuxième fois, elle a bien compris.

Alors elle tient l'écouteur d'une main ferme et elle dit à haute et intelligible voix, je n'ai pas le temps. Pas possible. Vous comprenez ce que je dis ? Nous ne pouvons pas nous entretenir, je n'ai absolument pas le temps, vraiment pas.

Dommage, dit l'homme devant sa maison. Bon eh bien. Peut-être une autre fois.

Il se redresse et regarde à nouveau vers la porte d'entrée. Vers la fenêtre, c'est clair, derrière laquelle il ne peut pas voir Stella, croit-elle, mais devine manifestement sa présence. Il reste un moment là, le visage inexpressif, lève la main comme pour saluer, mais peut-être s'agit-il d'autre chose. Puis il fait demi-tour et s'éloigne de la clôture en direction du coin de la rue.

Stella ne le voit plus.

Elle raccroche l'interphone sur le mur et passe en titubant du vestibule à la pièce de Jason. La pièce de Jason est fraîche et un peu à l'abandon, si familière, sans rapport aucun avec ce qu'elle y fait entrer de son pas titubant. Elle écarte la chaise de Jason et s'approche de la fenêtre, sans le vouloir et par nervosité envoie valser du bureau trois crayons et une feuille de papier et s'en effraie, elle se penche et regarde dehors, l'homme s'est arrêté au coin de la rue, au bout du terrain de Stella, tournant le dos à la maison, il est là. Il regarde la rue. Dans un sens, dans l'autre. Sur la gauche il y a des maisons comme celle-ci, sur la droite la forêt, la rue va rejoindre la rue principale, au bout de la rue l'animation commence. Des voitures venant de droite et de gauche. D'autres gens.

L'homme au coin se roule à présent une cigarette. Tiens, voilà une chose qu'il a sur lui – du tabac. Il a du tabac et du papier à rouler, qu'il sort de la poche de sa veste. Il roule lentement, avec soin, mais peut-être aussi maladresse, peut-être aussi qu'il tremble, impossible de voir, en tout cas Stella, elle, tremble un peu. Il allume sa cigarette avec un briquet et fume. Cela dure un moment. Stella le regarde fumer. Entre eux le temps s'étire. Elle pense, je devrais détourner les yeux, mais elle est incapable de détourner les yeux. Elle regarde, elle observe, comment il respire. Balance la cigarette sur le trottoir, enfonce les mains dans les poches de son pantalon, s'en va, descend le chemin forestier en direction de la rue principale. Jusqu'à ce qu'il ait disparu ; plus tard elle pensera, c'était déjà trop.

Elle s'éloigne de la fenêtre et relâche son souffle. Elle ramasse les crayons et la feuille de papier et les repose sur le bureau, remet la chaise contre la table, au dossier de la chaise est suspendue la chemise de Jason et elle fait le geste de la défroisser, comme si Jason venait de la prendre en faute. La pièce de Jason est tellement en désordre. Elle a une odeur particulière, de térébenthine, de bois et de métal, d'huile de graissage, d'herbe. L'ordinateur sur le bureau est noir. Les chiffres du radio-réveil sur l'appui de la fenêtre basculent de 12 h 19 à 12 h 20, des nuages numériques arrivent de l'ouest, porteurs de pluie. L'homme dans la rue paraissait désœuvré, comme s'il avait tout le temps du monde. Il avait aussi l'air négligé, juste une pointe de négligence, une trace. Il avait l'air d'un homme absolument libre, qu'est-ce qu'il y a de si inquiétant là-dedans, dit Stella à voix haute, elle quitte la pièce, ouvre la porte d'entrée et sort dans le jardin, comme si elle voulait se réapproprier le droit de le faire. Quelle fraîcheur, quelle splendeur, quel silence. Qu'y a-t-il exactement d'inquiétant chez un homme libre.

Stella sort de la maison à une heure et quart. Elle pousse le vélo jusqu'à la rue, tire le portail derrière elle, s'arrête et observe sa maison de l'extérieur. Elle se tient là où se tenait l'inconnu. Elle observe sa porte d'entrée, l'étroite fenêtre à côté de la porte, c'est derrière cette fenêtre qu'elle était, et il le savait.

Qu'y a-t-il à voir ?

Une maison en brique avec un toit de tuiles moussues. Une porte d'entrée avec des vitraux enchâssés, à gauche un banc de bois, à côté du banc un petit olivier dans un pot en terre, sous le banc les bottes en caoutchouc d'Ava, Stella ne sait pas du tout comment elles sont arrivées là, depuis quand elles y sont. À droite de la porte d'entrée la baie vitrée, le fauteuil bien visible, la couverture chiffonnée sur l'accoudoir, les livres en piles et sur le large appui de la fenêtre des coussins, un zèbre en peluche et un verre de thé, une bouteille d'eau et un petit objet dont Stella croit que c'est l'étui à lunettes de Jason. Tout cela est exposé à la vue, un instant elle est décontenancée devant cette vie privée exhibée, devant son étourderie. L'inconnu dans la rue a pu voir tout ça, et c'est elle qui l'a permis, c'est d'abord elle qui a rendu la chose possible. De quoi s'agit-il au juste – d'une indélicatesse ?

Elle monte sur son vélo et tourne à gauche sur le chemin forestier. Elle traverse la rue principale au grand carrefour et perd la trace de l'inconnu, si tant est qu'il y en ait eu une. Elle passe devant le centre commercial, traverse le parking sur lequel les petits drapeaux claquent dans le vent et les chaînes des drapeaux cliquettent, un bruit un peu agressif qu'Ava adore, elle tourne et pénètre dans le nouveau lotissement. De grandes maisons individuelles, avec des terrasses où des familles sont assises comme en vitrine et bravent le vent froid de mai, des chiens se ruent contre le portail du jardin et sont rappelés à grand renfort de sifflements. Stella emprunte le chemin des épicéas, le chemin des pins, le chemin des sapins en direction du centre du lotissement, elle fait ce trajet tous les jours, c'est là que se trouvent le jardin d'enfants d'Ava, le parc, le bureau de l'unité de soins dans la maison communale. Elle a la tête ailleurs. Déconcentrée, inattentive, elle est contente quand elle peut poser son vélo devant la maison communale. La porte est ouverte, le courant d'air souffle à travers le foyer où les petites lampes de lecture sont allumées sur des petites tables derrière lesquelles personne n'est jamais assis. Stella arrive souvent au bureau une demi-heure avant le début de son service, elle boit presque toujours un café avec Paloma. Paloma a cinquante ans, elle est grande et maigre, avec une expression à la fois dédaigneuse et mélancolique. C'est parfois elle qui garde Ava, elle est curieuse, mais pas trop non plus, il y a des jours où Stella parle d'Ava avec Paloma, parfois aussi de Jason, et quand ce n'est pas de Jason, alors de temps en temps elle parle tout de même de ses rêves, d'une inquiétude qui peut tenir au temps qu'il fait ou à autre chose. Paloma a une prédilection pour les romans policiers suédois. Elle porte presque toujours des vêtements noirs avec des colliers ethniques. Elle ressemble à une actrice de film muet, mais peut-être Stella le pense-t-elle parce que Paloma est souvent au téléphone en même temps qu'elle distribue des clés, pousse des plannings sur le plateau de la table et fait avec les mains et les yeux des signes que Stella pourrait interpréter comme ci ou comme ça, ou encore autrement. Ce midi-là, Paloma est au téléphone avec sa mère, probablement avec sa mère. Elle est souvent interrompue, c'est inhabituel, et sa voix oscille entre l'agacement et l'indulgence.

Oui. Non. Je ne peux pas te répéter tout le temps la même chose. Tu n'es pas du tout assez exigeante avec toi-même. Il faut te bouger, il faut changer tes habitudes. Mets ton bonnet et sors.

Stella passe derrière le bureau, prend la clé d'Esther au crochet, note son arrivée sur le planning qui, entre les modifications et les remplacements, est déjà complètement raturé. Elle aimerait bien attendre que Paloma ait terminé sa conversation. Elle aimerait bien dire à Paloma, imagine, aujourd'hui un inconnu a sonné à notre porte. Il a dit qu'il aimerait bien parler avec moi, mais je ne le connais absolument pas, je ne l'ai jamais vu.

Quelle impression donnerait cette phrase ?

Une impression pas très normale.

Mais elle pourrait tout de même dire les choses comme ça, rougir et puis en rire, et avec ce rire disparaîtrait peut-être ce sentiment désagréable, un malaise, une inquiétude, comme si quelque chose lui avait échappé. Elle se met devant le bureau, si tu pouvais t'en tenir au moins une fois à ce qui a été convenu, dit Paloma, elle éloigne l'appareil et plaque la main sur le micro, lève les yeux au plafond et murmure, c'est pas vrai ! À plus tard, dit Stella sans émettre un son. Elle désigne la pendule, lève quatre doigts. Elle sort du bureau, passe le long des tables vides, le long des présentoirs dans lesquels sont fixés avec des aimants multicolores les dessins des enfants de l'école, énormes soleils, fleurs souriantes, enfants de tous les continents se tenant par la main. Elle salue le concierge. Boutonne son imperméable, sort du foyer.

Esther a quatre-vingt-deux ans. Elle n'est pas la patiente préférée de Stella, mais pas non plus une patiente qui serait insupportable. Le mieux est de ne pas avoir de patient préféré, d'ailleurs c'est Dermot que Stella aime le plus, le mari de Julia. Esther est dans son lit, en fait elle se lève encore tous les après-midi et traverse la chambre pour aller jusqu'au séjour ou à la cuisine, mais depuis quelques semaines elle veut rester couchée, somnoler, manger peut-être un toast beurré avec un peu de marmelade d'oranges, et puis boire du thé en demandant toutes les deux minutes qu'on ouvre puis qu'on referme la fenêtre ; pas de bonne humeur, a noté l'infirmier du soir dans le registre. La chambre d'Esther est petite. Son lit est devant une bibliothèque. Quand Esther est couchée sur le côté, elle attrape un livre au hasard sur l'étagère, l'ouvre, lit une phrase, commente ce qu'elle vient de lire d'un hochement de tête et laisse tomber le livre derrière elle sur le lit. La petite table de nuit croule sous les médicaments, les piluliers, les verres d'eau, toute une série de montres, de lunettes, de thermomètres et de boîtes de pansements, la peau d'Esther est d'une finesse extrême, fripée, elle se déchire comme du papier. La chambre sent la vieillesse et la maladie, mais aussi autre chose, l'encens et la myrrhe, les cigares d'Esther, la poussière des livres, les fleurs auxquelles Esther tient absolument, dans de grands vases en verre. La fenêtre ouverte, la radio allumée, un exposé morne et soporifique qui donne à Stella une impression de blablabla sur un sujet fumeux, du blablabla surgi du monde des ombres. Elle cesse enfin de penser à Esther pour se concentrer sur le rythme familier des gestes, des contacts, succession des tâches, obligations, compter les gouttes, vider des tuyaux, des récipients, des seaux, le crachoir d'Esther, le verre pour son dentier, la cuvette pour l'eau savonneuse chaude, ne soyez pas molle comme ça, Esther, aidez-moi un peu, et Esther attrape la poignée de la potence au-dessus de son lit, se hisse et s'assied, laisse pendre ses jambes au bord du lit avec la même expression qu'a parfois Ava, butée, circonspecte, faussement absente ; elle dit, j'ai froid aux pieds, fermez la fenêtre, éteignez enfin cette radio, mettez-moi des chaussettes, je voudrais ces chaussettes moelleuses que Ricarda m'a tricotées, Ricarda est la fille d'Esther, et Stella ne sait plus quand elle l'a vue ici pour la dernière fois. Les yeux d'Esther sont injectés de sang, l'iris bleu clair, profond. Sept gouttes dans l'œil gauche, sept gouttes dans l'œil droit. Tension artérielle très basse. Hier soir pourtant elle était de 100/80.

C'était dû à quoi, Esther ? Parfois, elles arrivent à plaisanter ensemble, à trouver une langue qui les met sur un pied d'égalité, deux personnes qui, contraintes et forcées, s'empoignent, se touchent, échangent. Ce pourrait aussi être l'inverse, ce pourrait être Esther qui change Stella, l'ordre qui règne ici est un hasard, rien de plus. Est-ce que vous avez de la fièvre ? Approchez-vous, Esther, levez haut le bras et tenez bien le thermomètre, vous êtes brûlante.

Esther dit, foutaises.

Stella lui presse le lobe de l'oreille et prélève une goutte de sang, mesure le taux de glycémie, reporte les résultats catastrophiques sur le tableau dans le registre, comme s'ils n'étaient pas catastrophiques. Elle calcule et compte les gouttes et les cachets, et pendant ce temps-là Esther parle toute seule et saute d'un sujet à un autre, d'une année très lointaine à ici et maintenant, d'une insinuation à un souvenir fragile, du souvenir à la douleur qui se ravive d'un coup dans le dos ou dans les yeux ou dans la poitrine, le genou, les articulations des doigts, la tête, l'anus, le dos.

Ne soyez pas si lourdaude, Stella. À quoi êtes-vous en train de penser, arrêtez de froncer toujours les sourcils, quand vous serez vieille vous ressemblerez à un méchant perroquet.

Esther ricane.

Stella lave le visage d'Esther. Elle lave les mains d'Esther, son dos, ses aisselles, son sexe. Les pieds d'Esther, Esther est très fière de ses pieds, c'est la seule partie de son corps qui paraisse intacte, des pieds minces de danseuse.

Vous avez faim ?

Non.

Esther n'a rien envie de manger, mais elle prétend qu'il n'y a plus de pain pour les toasts, Stella doit aller faire les courses, dans la cuisine d'Esther Stella trouve des provisions de pain pour des mois, mais elle va tout de même faire les courses. Au kiosque à journaux du supermarché, adossée à un rayon elle lit l'horoscope de la semaine, elle se sent lasse, la musique de supermarché a quelque chose de triste, Stella a l'impression qu'on éteint l'éclairage au ralenti. Quand elle revient, Esther est endormie. Ou fait comme si elle dormait, et Stella ferme doucement le rideau, termine son travail, elle lave la salle de bains et la cuisine, débarrasse la table du séjour, rassemble en une pile les quotidiens de tout le printemps, elle vérifie sur le programme de télévision ce qu'Esther a coché, ce qu'elle veut regarder ou pourrait regarder, un reportage sur un voyage en Mongolie, un débat politique, un concert à Venise, une soirée thématique sur la mortalité. Stella tartine de la marmelade d'oranges sur un toast beurré et le découpe en carrés minuscules, elle prépare du café, met le pain et le café près du lit d'Esther et s'assied un moment sur la chaise à côté. Elle est assise près du lit d'Esther comme elle est parfois assise près du lit d'Ava. Les aiguilles de la grande pendule au mur au-dessus de la bibliothèque descendent, s'immobilisent, puis descendent encore d'un cran.

Je m'en vais, Esther, dit Stella. L'infirmier du soir vient à huit heures. Faites attention à vous, soyez raisonnable.

Esther ne répond pas.

Stella écrit dans le registre, dort, fait semblant de dormir. Dans le vestibule elle enfile son imperméable et referme la porte d'entrée derrière elle, retourne à la maison communale, note son départ sur le planning et accroche la clé d'Esther au tableau derrière le bureau de Paloma. Paloma est déjà partie, elle laisse chaque jour sa table parfaitement rangée comme si elle devait ne jamais revenir. Le foyer est déserté, les fougères dans les grandes jardinières sont immobiles, comme avant une explosion. Les dessins d'enfants idylliques dans leurs présentoirs en verre semblent tout à coup hideux et louches. Au bout du couloir, le concierge agenouillé dans la pénombre s'affaire sur une prise de courant.

Bonne soirée.

Vous de même.

La porte d'entrée grande ouverte, dehors le monde réel.

Stella va chercher Ava au jardin d'enfants.

Elle peut enfin aller chercher Ava au jardin d'enfants. Dans le vestiaire elle lui enlève ses chaussons et lui met ses chaussures, Ava sait déjà faire tout ça toute seule, elle a quatre ans, elle en aura bientôt cinq. Mais à la fin d'une longue journée au jardin d'enfants, elle est si fatiguée qu'elle oublie son autonomie et présente à Stella ses jambes tendues, des petites jambes dodues dans un collant tout tire-bouchonné, et Stella lui en sait gré. Ava n'est pas le dernier enfant qu'on vient chercher. Ils sont encore six ou sept, leurs manteaux sont suspendus aux portemanteaux du vestiaire, des petites images sont collées à côté de chaque crochet, tracteurs, fleurs, papillons, à côté du portemanteau d'Ava est collé un escargot, objet de la sollicitude d'Ava depuis son premier jour au jardin d'enfants et aujourd'hui encore. Ava a les cheveux noirs et les yeux noirs de Jason. Elle est têtue comme Jason. Elle est solitaire et butée comme Jason.

Elle est tendre et impatiente. Peut-être aussi impatiente que Stella. Les éducatrices ont demandé à Stella si elle confortait suffisamment Ava, Stella a eu du mal à comprendre la question. Si elle conforte suffisamment Ava ? Elle conforte Ava du matin au soir, elle craint parfois de trop la conforter justement. Pourquoi cette question ? Parce qu'Ava manque de confiance en elle. Parce qu'elle se tient en retrait, parce qu'elle ne court pas, qu'elle ne veut pas réciter de poésie ni venir au centre quand les enfants sont assis en rond le matin. Parce qu'elle n'a pas envie de se déguiser pour le carnaval, parce qu'elle n'a envie de se déguiser qu'à la maison. Toutes ces choses sont liées, les éducatrices observent bien Ava. Je conforte Ava, a dit Stella, naturellement je le fais. Elle prend dans ses mains le visage rond d'Ava et l'embrasse sur les deux joues. Ava. Avenka. Comment s'est passée ta journée.

Des fois les lièvres ont les poils tout hirsutes, dit Ava. Comme les chiens. Des fois ils sont aussi hirsutes qu'un chien, tu savais ça, et elle se laisse glisser du banc et traîne son manteau derrière elle, elle dit, éteins la lumière, maman, tu ne dois pas oublier d'éteindre la lumière, pourquoi est-ce qu'il faut que je te le répète tout le temps.

Stella éteint la lumière dans le vestiaire. Elle dit à Ava, et toi tu dois dire au revoir avec ta main, et ensemble elles disent au revoir avec leur main aux éducatrices qui sont assises dehors sur la pelouse en compagnie des derniers enfants autour de la table ronde de jardin, les enfants ont posé leurs petites têtes sur le plateau de la table, sur la table trône l'inévitable pot de tisane à la menthe poivrée, des gobelets en plastique multicolores à côté, Stella croit savoir exactement ce que sent cette tisane et quel goût elle a. Elle attache Ava sur le siège enfant du vélo et sort de la cour. Les chemins du parc sont si verts qu'ils paraissent presque noirs, et au bord du chemin les paons surgissent du fourré, leurs longues traînes de plumes balayent lourdement le sable.

Stella et Ava rentrent à la maison. Traversent le nouveau lotissement, chemin des sapins, chemin des pins, chemin des épicéas, passent devant le centre commercial, franchissent la rue principale pour entrer dans l'ancien lotissement, où plusieurs voitures sont à présent garées devant les maisons dont les portes sont ouvertes, on sent une odeur de lilas, de charbon de bois et d'alcool à brûler, une odeur de voisinage. Stella ouvre le portail, pousse le vélo dans le jardin, soulève Ava du siège enfant et entend le portail se refermer derrière elle, elle prête attention au bruit net de la serrure qui s'enclenche.

Qu'est-ce qu'on mange aujourd'hui ?

Des crêpes. Avec de la compote de pommes et de la cannelle et du sucre.

J'en mangerai sept, dit Ava. Sept crêpes, tu peux en être sûre.

Stella se lave les mains au-dessus de l'évier de la cuisine. Elle écoute le répondeur – un message pour Jason, un message de Paloma à propos du planning et la voix de Clara, sereine et bienveillante, Stella rappelle-moi, je pense à toi. Tout va bien ?

Stella ouvre en grand la porte de la véranda. Elle allume la radio, vide le lave-vaisselle, prépare la pâte à crêpes, chante avec la radio, boit du thé dans le fauteuil en osier du jardin et regarde Ava qui fait des spirales de coquillages dans le bac à sable, elle écoute Ava soliloquer, questions et comptines, devinettes à mi-voix. Mardi matin, la reine et le petit prince. La soirée est fraîche, une humidité presque palpable monte du pré vers le jardin. Elles mangent à la table de la cuisine, elles s'asseyent face à face, Ava et Stella sous la lampe, en compagnie des voix qui sortent de la radio, informations sur la guerre, catastrophes climatiques et jazz se succèdent, ne prends pas autant de sucre, dit Stella, rajoute plutôt de la compote de pommes, je ne mangerai plus jamais à la cantine, dit Ava, plus rien du tout, si je mange encore une seule fois à la cantine, je vais vomir. Elle jette à Stella un long regard interrogateur. Stella tient bon et ne fait aucun commentaire. Ava mange cinq crêpes. Elle dit, dans mon groupe il y a un garçon, il s'appelle Stevie. Puis elle se lève, fait le tour de la table et vient s'asseoir sur les genoux de Stella, entoure très fort de ses bras le cou de Stella.

Dehors, le ciel devient bleu foncé, noir sur les bords. Dans la maison voisine et dans celle en face, les lumières s'allument. Le bain d'Ava sent bon la pêche et le melon, la couette crisse, le pyjama est doux comme le pelage d'une taupe. Stella met Ava au lit, elle lui lit une histoire, elle lui chante une chanson. *Le poirier blanc qui se balance, qui se balance comme une danse.* Ce moment où Ava s'endort, où la journée d'Ava se termine, Stella croit qu'elle devrait lui donner plus d'assurance, plus de naturel. Elle devrait être plus pragmatique, comme elle l'est avec Esther, Julia, Walter, elle devrait refermer la porte de la chambre d'enfant derrière elle avec une autorité pragmatique et crier d'une voix ferme, bonne nuit ! Allez, dors bien. Maintenant dors ! Mais ça lui paraît difficile. La chambre est encore sûre, et la lampe globe luit, l'Atlantique luit. Mais la nuit est une dimension plus définitive. Ava ne le sait pas, Stella croit le savoir. Demain matin, si Dieu le veut [1].

Quand est-ce que papa revient, dit Ava. Peut-être qu'elle le sait, pourtant.

Dans trois jours. Tu dors encore trois fois, et puis papa revient.

---

1. Référence au dernier vers d'une berceuse allemande très connue : « *Morgen früh, wenn Gott will, wirst du wieder geweckt* », « Demain matin, si Dieu le veut, tu seras de nouveau réveillé. » (*Les notes sont de la traductrice.*)

Chapitre 3

L'inconnu revient le lendemain, à la même heure. Il sait visiblement quand Stella est à la maison, et quand elle est seule à la maison. Stella est dans la cuisine en train de chercher dans le placard sous l'évier la brosse pour les chaussures d'Ava quand il sonne à la porte, et bien qu'elle n'ait pas du tout pensé à lui, bien qu'elle n'ait pas supposé qu'il reviendrait si vite – bien qu'elle l'ait oublié, en fait, il lui revient aussitôt à l'esprit. Elle sait qui vient de sonner. Elle sait que ce n'est pas le facteur, pas un coursier, et pas non plus la voisine, pas un enfant qui a besoin d'une pompe à vélo, pas le ramoneur, hélas, ni non plus l'employé du gaz. Elle pose par terre devant l'évier la mallette dans laquelle Jason conserve le nécessaire pour cirer les chaussures et se relève, les articulations de ses genoux craquent quand elle se redresse et elle a un moment de vertige. Elle sort de la cuisine, traverse le vestibule en direction de la porte d'entrée, elle regarde par le fenestron et décroche l'interphone, elle dit, oui.

Oui, tandis qu'elle examine l'inconnu, planté dans la rue devant le portail de son jardin dans la même tenue qu'hier, les mains dans les poches de son pantalon, et le visage, autant que Stella puisse le voir à cette distance, totalement dépourvu d'expression comme hier ; elle ne distingue pas vraiment son visage, mais ce qu'il dégage est inexpressif, et sa manière de se pencher à présent vers l'interphone, sans ôter les mains de ses poches et sans regarder non plus dans sa direction, le visage tourné au contraire vers l'allée, cette manière de faire est si atone que le sang de Stella se glace.

Hello. C'est moi. Je voulais vous demander si aujourd'hui vous aviez peut-être du temps pour parler.

Non, dit Stella. Elle sent ses genoux trembler, elle est étonnée que cela puisse aller si vite. Est-ce qu'elle tremble de nouveau, vraiment ? Elle tremble. Vraiment.

Elle dit, non, je n'en ai pas. Aujourd'hui je n'ai pas le temps non plus. Et demain non plus je n'aurai pas le temps, je n'ai définitivement pas le temps, excusez-moi, je suis désolée.

L'homme dehors dans la rue dit, vous n'avez pas à vous excuser. Vous n'en avez pas du tout besoin. Il reste dans la même position, penché en avant, quand il dit ça, et il contemple l'herbe entre les dalles de l'allée. Il tousse.

Stella raccroche l'interphone.

Ça, il a l'air de le comprendre, il se redresse et s'étire un peu, on dirait presque qu'il va bâiller.

Vous n'en avez pas du tout besoin. Qu'y a-t-il de si intolérable dans cette remarque ? Pourquoi cette remarque est-elle une impudence derrière laquelle paraît se cacher autre chose, dans la tête de Stella surgit comme un avertissement le mot menace. Elle a la bouche sèche et c'est à peine si son cœur bat. Elle voit l'inconnu se diriger vers le coin de la rue. De la fenêtre de Jason, elle le regarde fumer, elle souhaite qu'il se retourne, juste une fois, qu'il se retourne et lève les yeux vers la pièce de Jason, et elle le dit entre ses dents, retourne-toi. Mais l'inconnu est clairement le plus fort. Il fume, consciencieusement comme hier, puis il jette sur les pavés la cigarette fumée jusqu'au bout, et s'éloigne d'un pas de promenade.

Stella n'arrive plus à se souvenir par la suite si elle n'a pas dit quand même qu'elle était assez grande pour savoir de quoi elle avait besoin ou pas. Est-ce qu'elle a dit ça ? Je suis assez grande pour savoir de quoi j'ai besoin ou pas, avant de raccrocher l'interphone ? Ou bien l'a-t-elle seulement pensé, n'a-t-elle pas été assez rapide, assez offensive pour le dire à voix haute. Elle n'arrive pas à s'en souvenir, mais elle se souvient très bien de son sentiment d'humiliation et d'avoir décidé qu'elle avait parlé avec cet homme pour la dernière fois. À partir de maintenant, plus question d'aller à la porte si on sonne. Être allée à la porte deux fois, ça suffit, il n'y en aura pas de troisième, et puis d'ailleurs est-ce qu'il viendra sonner une troisième fois, il faut déjà voir.

Le soir, elle verrouille la porte d'entrée de l'intérieur.

Elle attend qu'Ava soit endormie, emporte le téléphone dans la cuisine, mais elle se ravise, elle ne va pas appeler Jason. Elle est assise à la table de la cuisine, elle lit le journal et boit une bière qu'elle a sortie du frigo, elle lit un reportage sur Calcutta, et puis un autre sur la Sibérie, et puis encore autre chose. Entre les lignes, elle lève les yeux, et elle se voit elle-même de l'extérieur, d'un point de vue situé à l'extérieur de la maison, d'un angle du jardin peut-être, depuis la clôture, dans l'herbe haute du pré à l'abandon. Elle voit une femme seule assise à une table sous une lampe, en train de lire.

C'est moi, pense Stella. C'est moi. Stella.

Chapitre 4

Le matin suivant on sonne peu avant dix heures, et on sonne comme s'il était clair que Stella ne va pas venir à la porte. En passant, à tout hasard. Un coup de sonnette beaucoup plus bref qu'hier ou avant-hier, le coup de sonnette de quelqu'un qui veut juste dire, me voilà, je suis là, je suis devant la porte.

Stella le voit. Elle est assise en haut, dans sa pièce, à son bureau, et elle le voit, elle est là depuis qu'elle a emmené Ava au jardin d'enfants et qu'elle est de retour à la maison – son service chez Esther commence dans une heure et demie –, assise dans sa pièce à son bureau près de la fenêtre et elle attend, elle l'a vu arriver. Il arrive par la gauche. Pas de la rue principale, du centre commercial, de la ligne de bus, du nouveau lotissement – il arrive par la gauche, il vient du quartier qu'elle habite. Il apparaît à la limite du terrain, longe la clôture d'un pas à la fois traînant et déterminé, s'arrête devant le portail du jardin, se retourne et sonne, et presque en même temps il fouille dans la poche intérieure de sa veste qui est toujours la même et en sort quelque chose de blanc, une enveloppe.

Il laisse tomber l'enveloppe dans la boîte aux lettres qui est fixée à la clôture et lève les yeux vers la pièce de Stella. Puis il traverse la rue, tourne dans le chemin forestier, le descend en direction de la rue principale et disparaît.

Stella reste assise un moment à son bureau. Adossée à sa chaise, les mains croisées sur les genoux. Des arbres du jardin en face, une nuée de moineaux s'envolent, comme projetés dans les airs par une grande main. En bas dans la cuisine, le chauffe-eau se déclenche puis s'arrête. Quatre minutes, cinq. Alors elle se lève.

L'air dehors dans le jardin est merveilleux. Un parfum de printemps tardif, de reine-des-bois et de buis. Impossible de remettre à plus tard. Stella ouvre la boîte aux lettres, et l'enveloppe blanche lui tombe dans la main comme une chose à laquelle on ne peut désormais plus rien changer.

L'enveloppe est en papier ordinaire, soigneusement rédigée. Nom et prénom de Stella, rue, numéro et code postal inscrits en bonne et due forme, d'une écriture ronde, féminine, le courrier est timbré comme si l'expéditeur avait envisagé de le faire acheminer par la poste et puis avait changé d'avis à la dernière minute. Le timbre est neutre, discret, une tête de reine sur fond vert. Stella retourne l'enveloppe. Il n'y a apparemment rien à cacher, au dos figurent un nom, une rue, un numéro et un code postal, écrits avec le même naturel :

Mister Pfister.

Mister Pfister est l'expéditeur de cette lettre, et il habite, ainsi que Stella peut le constater, dans la même rue qu'elle. Sept ou huit maisons plus loin, ils sont voisins, il est absurde de confier à la poste une lettre qu'on peut déposer soi-même, une lettre comme celle-ci Mister

Pfister la met lui-même dans la boîte, ça ne le dérange pas du tout.

Stella ne connaît pas ses voisins. Le quartier est du genre fermé, les gens ici ne se lient pas les uns aux autres. Dans la maison voisine habite une étudiante avec des sous-locataires qui se succèdent, dans la maison suivante une famille asiatique avec des enfants adolescents, dans la maison en face un enseignant à la retraite, Stella n'est pas allée plus loin. Le fait que Mister Pfister soit un voisin réduit instantanément le champ. Elle avait pensé qu'il allait disparaître comme il était venu. Elle n'avait pas imaginé qu'il était si près, pendant tout ce temps, juste quelques maisons plus loin, qu'il… vivait ici, comme elle.

Stella s'assied avec la lettre sur le banc à côté de la porte. Quatorze degrés au thermomètre extérieur, et le petit olivier aurait besoin d'être arrosé, il est tellement en retrait sous la gouttière qu'il reçoit rarement la pluie. Sur l'herbe, le long de la haie, sautille un merle superbe. Stella croise les jambes, pose la lettre à côté d'elle sur le banc.

Puis elle l'ouvre. Elle déchire l'enveloppe. Elle la prend dans la main et la déchire. Le sentiment qu'elle avait avant-hier encore – un léger étonnement, le souvenir de ce que c'était autrefois qu'être séduite – a complètement disparu.

Le soir suivant, Jason est de retour. Il va coucher Ava pendant que Stella range la cuisine, elle entend Ava qui saute, Jason a été absent pendant une semaine, Ava est surexcitée.

C'est bien quand Jason revient. D'une certaine façon, c'est bien aussi quand il repart.

Jason construit des maisons. Des restaurants, des hôtels, des ateliers, des immeubles, des pavillons, des usines, des bungalows. Parfois, Stella se dit qu'en réalité il voulait peut-être faire autre chose. Elle ne saurait pas dire ce qui lui fait penser ça, elle sent une certaine déception dans le rapport qu'il a à son travail, ses réticences quand il en parle, elle se réjouit de ne pas avoir chaque jour à entrevoir cette déception. Elle-même n'est pas déçue par son travail. Lui faisait déjà ce travail lorsqu'elle a posé sa main dans la sienne dans l'avion prêt à décoller, la saleté sur sa main, ce n'était pas la sculpture mais le carrelage, et Stella affirme qu'elle le savait. Parfois, Jason peint un chat pour Ava, une maisonnette avec une cheminée qui fume, et puis une grosse abeille, parfois il dessine Ava, assise à la table de la cuisine tôt le matin les cheveux nattés devant un bol de porridge, des dessins qui effraient Ava et la ravissent ; mais la façon dont Jason reprend le dessin des mains d'Ava dissimule quelque chose. Il est probable, pense Stella, que Jason a le sentiment d'une sorte d'échec. Il cache les dessins au milieu du papier à recycler et elle va les récupérer et les met de côté pour Ava. Jason gagne suffisamment d'argent avec son travail, de l'argent pour cette maison, pour Stella et Ava, et puis le travail le distrait et le fatigue, sans ce travail il irait plus mal. Jason n'est paisible que lorsqu'il est fatigué, cette fois-là, dans l'avion, il l'était. Si fatigué qu'il s'est endormi avant que l'avion ait traversé les nuages, peut-être que sinon il ne se serait pas du tout lancé dans une histoire avec Stella. Tout ce qu'il y a ici n'aurait pas existé. Rien de tout cela, pas même le verre d'eau sur la table et surtout pas la petite voix d'Ava en haut dans la chambre.

Est-ce que dans l'avion j'ai lâché ta main en dormant ?

Non, tu n'as pas lâché ma main. J'ai senti que tu dormais, tu as tressailli dans ton sommeil, tu rêvais. J'ai vu que tu rêvais.

Ils se reposent la question sans arrêt. Même question, même réponse. Comme pour fixer ce début, le réaffirmer sans arrêt.

Stella met les affaires de Jason dans la machine à laver, ses pantalons de travail noirs, la combinaison bleue, les chemises vertes. Pièces de monnaie dans les poches de pantalon, un crayon, un caillou. Jason a rapporté à Ava un morceau de bois dans lequel s'est inscrustée une pomme de pin, il lui a rapporté un cahier rempli de décalcomanies scintillantes. Le morceau de bois et le cahier sont posés sur la table de la cuisine comme des preuves de son retour. Stella enfile sa veste, déplie la seconde chaise sur la terrasse et éteint la lumière dans la véranda. Les frelons cette année ont seulement émigré d'un coin de la remise à l'autre, quand la lumière dans la véranda est allumée, ils quittent leur nid, volent au-dessus du pré dans l'obscurité, viennent se cogner aux vitres, tombent assommés sur le rebord de la fenêtre. Jason arrive sur la terrasse avec deux bouteilles de bière, il reste debout quelques secondes et regarde autour de lui comme s'il voulait s'assurer de l'endroit où il se trouve. Puis il s'assoit à côté de Stella.

Tu as l'air fatiguée. Ava dit qu'il faut que tu remontes. Lui dire bonne nuit et puis lui apporter quelque chose à boire.

J'y vais, dit Stella.

Ils sont assis côte à côte et regardent par-delà le jardin, le pré à l'abandon, les alouettes des champs piquent à l'oblique dans l'herbe, et le ciel est couleur lilas et déjà nocturne. Jason s'étire et soupire. Il ouvre les deux bières avec son briquet et dit, bon dieu. J'ai quatre jours, peut-être cinq, et puis il faut que je reparte. Je m'y prends sûrement mal, et un jour ou l'autre on fera autre chose, Stella, on ne peut pas être ici comme ça éternellement.

Quand Ava devra aller à l'école, dit Stella. Elle dit, au plus tard à ce moment-là, encore un an et demi.

Jason dit, un an et demi. Tu te rends compte comme c'est long ? Il faut que vous veniez me voir sur le chantier le week-end prochain, il faut que vous prévoyiez ça, et il faut que tu le notes dans votre planning avant que quelqu'un d'autre veuille prendre ce week-end-là. Le deuxième étage est terminé. Le toit pas encore, l'escalier débouche dans le ciel. Maintenant ils ont choisi les matériaux, ils veulent des portes en tôle rouillée. Qu'est-ce que tu en dis. De la tôle provenant d'anciennes portes de grange, ils veulent voir les traces du travail d'autres gens quand ils seront assis le soir devant leur cheminée.

Stella aimerait bien rester sur cette image de tôle provenant d'anciennes portes de grange, c'est une image qui pourrait l'occuper un moment, mais elle n'y tient plus. Elle sort de la poche de sa veste la lettre de Mister Pfister, elle a envie d'en finir avec ça. Il faut qu'elle en finisse avec ça. Elle a songé à ne rien dire à Jason de la lettre de Mister Pfister, elle y a songé avec une certaine intensité. Mais elle sait qu'il vaut mieux dire à Jason ce qui se passe, plutôt que de le laisser le découvrir tout seul. Si Jason découvre ça tout seul, cela pourrait conduire à des malentendus. À une dispute.

Et Mister Pfister est un impondérable. Difficile de dire ce que sera la prochaine étape.

Jason prend la lettre qu'elle lui tend, c'est déjà un soulagement. Il regarde Stella, lui prend la lettre des mains, sort le papier de l'enveloppe, le déplie d'un geste malhabile et lit.

Je désire que tu me regardes.

Que tu me regardes et que tu m'écoutes. Je désire aussi que nous nous soyons connus depuis toujours, tu vieillis, nous n'avons plus beaucoup de temps. Tu vas sourire quand tu me regarderas, ça ne peut pas être autrement. Je te montrerai ce que je vois : la grive, son plumage tacheté, le parc, les pages du livre que je lis.

Nom de Dieu, dit Jason. C'est quoi, ça. Il lit la lettre jusqu'à la fin, la replie, la remet dans l'enveloppe, il regarde l'enveloppe, des deux côtés, et la pose devant lui sur la table, puis s'adosse à sa chaise. L'expression de son visage est vraiment indéchiffrable. Il dit, OK. Et qu'est-ce que ça veut dire ?

Stella dit, je n'en ai pas la moindre idée. Elle entend que sa voix sonne faux, bien qu'elle essaie de dire la vérité. Elle dit, je n'en ai aucune idée, je ne le connais pas. Je ne l'avais jamais vu avant, il était devant la porte mercredi pour la première fois et il voulait… parler avec moi.

Il voulait quoi, dit Jason, à présent il regarde Stella.

Parler avec moi, dit Stella, agacée. Je ne peux que te répéter ce qu'il a dit. Il a dit qu'il aimerait bien parler avec moi, et j'ai dit que je n'avais pas le temps de parler.

Il était devant la porte de la maison, dit Jason. Il dit, c'est bien ça.

Il pose sa bouteille de bière sur la table, sans regarder, et Stella comprend qu'il ne peut pas se résoudre à détourner les yeux de son visage, qu'il ne la croit pas. Jason pense qu'elle ne montrera son vrai visage qu'au moment où il cessera de la regarder. Elle ressent quelque chose d'électrique entre elle et lui, curieusement c'est quelque chose d'autrefois, des premiers mois – la peur et l'insécurité, le doute sur ce que ressent l'autre et ce que l'on ressent soi-même. Jason la regarde comme s'il se pouvait qu'il ne la connaisse absolument pas, comme s'il réalisait à cet instant précis, au bout de cinq ans et sept mois, que Stella n'est pas celle qu'il croyait. On dirait qu'il est sur le point de se lever et de partir et Stella se rappelle tout à coup un soir, il y a cinq ans, un soir où Jason, sur le palier de l'appartement où elle habitait à l'époque, se tapait la tête contre la porte, saoul et sans plus pouvoir s'arrêter, parce qu'il voulait partir et n'arrivait pas à partir. Le souvenir qui lui revient est soudain, et bouleversant, et Stella se penche et prend la main de Jason.

Elle dit, non, il n'était pas devant la porte de la maison. Il était devant le portail du jardin, et j'ai parlé avec lui à travers l'interphone. Elle dit, il est revenu jeudi, et il est revenu hier. Hier il a mis cette lettre dans la boîte, et aujourd'hui je te la montre.

Jason dit, et tu n'as pas la moindre idée. Tu n'as pas la moindre idée mais tu es sûre que tu ne le connais pas. Que tu ne l'avais jamais vu avant.

Je suis sûre que je ne le connais pas, dit Stella. Je ne l'avais jamais vu avant.

Jason retire sa main de la sienne. Il dit, merde.

On peut dire ça, oui, dit Stella.

Plus tard, elle se réveille dans une demi-obscurité. Il est cinq heures du matin, Jason dort à côté d'elle, étendu sur le dos, bras écartés, détendu. Elle se réveille parce qu'il est inhabituel qu'il soit là, couché à côté d'elle, et dans son sommeil tende la main pour l'agripper. Elle est couchée à côté de Jason, réveillée, et songe que les phrases de Mister Pfister, ses mots qui pour elle n'ont aucun lien entre eux – chaque mot est une entité isolée, un mot inconnu et sans timbre –, par une sorte d'étrangeté inquiétante s'appliquent à elle et à Jason. Elle désire que Jason la regarde. Elle désire qu'il l'écoute. Elle veut lui montrer ce qu'elle voit. Elle désire avoir connu Jason depuis toujours, bien qu'elle sache que si elle avait connu Jason depuis toujours, elle ne serait absolument plus avec lui aujourd'hui. Elle a vieilli. Jason a vieilli. Ava devient grande.

Stella va sans bruit dans la chambre d'Ava, elle retourne la couverture d'Ava toute chaude de sommeil. Elle va dans sa pièce à elle et reste un moment à la fenêtre ; quand Ava était bébé, elle se tenait aussi à cette fenêtre, le soir, avec Ava sur le bras, et la nuit, après l'avoir allaitée, elle se tenait ici toute seule. Au-dessus de la maison, de l'autre côté de la rue, la lune croissante descend doucement. Aucun chant d'oiseau encore. Stella entend le souffle régulier d'Ava et de Jason.

Chapitre 5

Jason reste quatre jours. Il emmène Ava au jardin d'enfants et va la chercher au jardin d'enfants.

Jason est là, non, dit Paloma, quand Stella entre dans le bureau. Elle dit ça d'un ton objectif, aimable, pas forcément pour mettre Stella dans l'embarras.

Oui, Jason est là, dit Stella. Il est, comment dit-on ça, onshore ? Paloma sourit et garde un silence prudent.

Les journées sont d'une chaleur inespérée, d'un seul coup les haies et les arbres se couvrent de fleurs blanches, à toute vitesse, comme pour combler un retard. Après le travail Stella rentre chez elle à vélo, elle voit la voiture de Jason dans l'allée, dépasse la maison et continue, longe la forêt, jusqu'à ce qu'il n'y ait plus que des champs de part et d'autre du chemin. Dans les fossés les lièvres se tapissent et restent si immobiles que Stella peut les regarder dans les yeux, leurs yeux brillent. Elle roule tout droit jusqu'à une frontière invisible, elle ne pourrait pas dire pourquoi elle fait demi-tour et rentre, mais à un moment donné elle fait demi-tour. Elle pense, demain j'irai plus loin, mais elle ne va pas plus loin. Le deuxième après-midi, elle va au cinéma, voir un film qui se passe à San Francisco, éclairage à l'américaine, femmes entre deux âges qui après avoir couru prennent appui sur les bancs des parcs pour resserrer les lacets de leurs baskets et présentent à la caméra leurs visages peut-être authentiquement non maquillés avec une expression qui paraît à Stella docile et stupide, une confiance obtuse en un avenir meilleur. Avant, Stella aimait bien aller seule au cinéma l'après-midi, mais depuis qu'Ava est là, l'obscurité dans la salle autour d'elle n'est plus jamais complète, elle n'arrive plus à se défaire de la réalité. Elle voit briller pendant tout le film le panneau de sortie dans le coin gauche de la salle, et puis elle a envie d'aller aux toilettes, elle n'arrive pas à penser à autre chose. Quand elle sort du cinéma, il fait encore jour. Elle traverse la zone piétonne en poussant son vélo, elle a faim, elle pense vaguement qu'elle aurait envie de ne plus travailler comme infirmière, de faire un voyage, de se faire couper les cheveux, elle ne pense à rien du tout tandis qu'elle pousse son vélo dans les rues piétonnes pour rentrer à la maison.

Le soir, Paloma vient. Elle apporte des tulipes et des renoncules, une bouteille de vin et un jeu qui permet à Ava d'attraper des petits poissons en carton dans une grande boîte dorée grâce à un aimant fixé au bout d'une ligne. Elle apporte des films, des bonbons gélifiés à la banane et de la barbe à papa dans une boîte en plastique. Au revoir. Ava oublie Stella, et elle oublie Jason. Elle fait signe de loin, assise à la table de la cuisine, mollement et sans lever les yeux : c'est la boîte en carton dorée et la barbe à papa, mais c'est aussi la façon qu'a Paloma de parler avec elle, de la regarder longuement, un regard pensif et direct. Soyez raisonnables, dit Paloma à Stella et Jason. Elle est debout devant la porte ouverte, les bras croisés sur la poitrine, puis elle disparaît dans la maison.

À droite ou à gauche, dit Jason. Stella sait que Jason se pose la question à lui-même et qu'il prendrait de toute façon la direction exactement opposée à ce qu'elle désire. Automatiquement. Un réflexe, elle pourrait réfléchir à ce que signifie ce réflexe, au fond, mais elle a le sentiment qu'elle n'arriverait à aucune conclusion. Elle pense, à droite, et ils longent la forêt obscure, en direction de la rue principale, prenons à gauche le long du lac, dit Jason, on verra bien ensuite.

Au-dessus des toits de tuiles du nouveau lotissement stationnent d'impressionnants nuages de pluie. La circulation est faible, presque fortuite, tu peux éteindre la radio, dit Stella, elle ouvre la vitre et sort la main à l'extérieur. Ils quittent la ville, longent la rive du lac, traversent le pont, continuent de l'autre côté et grimpent dans la montagne. Jason se gare près d'une aire panoramique, ils sortent de la voiture, descendent à pied vers la vallée, se partagent une bière sur un banc avec vue sur l'eau, on est assis côte à côte comme dans l'avion, se dit Stella, et elle s'étonne du silence entre eux, qui est apparemment consenti et naturel, Jason en tout cas est un taiseux. Mais peut-être y a-t-il aussi dans ce silence de l'opacité, de l'expectative, peut-être que Jason est prudent. Stella est-elle prudente ?

Tard dans la soirée, des fusées s'élèvent au-dessus des arbres de l'autre côté du lac. Des fontaines d'étincelles d'un bleu froid et couleur d'argent jaillissent dans le ciel et se disloquent, on dirait des fleurs qui s'ouvrent ou des étoiles. Le bruit des explosions est faible, et il commence à pleuvoir. Ils restent assis jusqu'à ce que la pluie tombe à travers les feuilles épaisses des arbres de mai, alors Jason se lève et fait lever Stella du banc. Ils retournent en courant vers la voiture, le visage de Stella est trempé, et elle est soudain pleine d'allégresse, tout excitée et heureuse, elle se tourne vers Jason et le retient par le bras, bien qu'elle sache que ce geste va le rendre méfiant.

Monte, dit Jason. Sans la repousser, plutôt gêné. Monte, roulons encore un peu, et Stella referme à regret la portière de la voiture.

Elle pense, eh oui, c'est comme ça. Tant pis, ça ne fait rien. C'est comme ça, voilà.

Comment va Esther, dit Jason. Que devient Walter, que dit Dermot, il démarre le moteur, fait demi-tour et rejoint la route. C'est quand il conduit que Jason est le plus à même de poser des questions et de parler. Une conversation avec lui autour d'une table, assis face à face, éventuellement en mangeant, en buvant, est presque impossible. Au volant d'une voiture, il peut regarder la route, il est occupé, alors c'est plus facile pour lui, la route est comme un fil rouge à travers le terrain imprévisible, apparemment miné qu'est une conversation. Stella croit le savoir, et ça la rend inattentive et tranquille à la fois. Elle regarde par la fenêtre, se tourne vers le lac, la surface de l'eau est agitée et métallique, au-dessus des arbres une dernière fusée s'élève.

Elle dit, il faut que j'arrête, Jason. Il faut que j'arrête de travailler pour Paloma, il faut que je me sépare d'Esther et de Walter et de Dermot, elle dit, merci de demander ce que dit Dermot, Julia, elle, ne dit plus rien du tout. Elle est assise sur sa chaise près de la fenêtre, à se tourner les pouces, à longueur de journée.

Jason ne dit rien, et Stella se tait un moment et puis elle dit, peut-être que j'aimerais être caissière au centre commercial. J'aimerais vendre des cafés et des croissants dans ce petit stand qui est au milieu du hall. J'aimerais faire la cueillette des fraises une saison. Faire une formation de fleuriste. Aider à la librairie. Être assise à un bureau, comme Paloma. Peut-être que j'aimerais être Paloma ?

Stella pense tout à coup qu'il pourrait y avoir un risque à parler avec Jason des idées qu'elle se fait sur une autre vie, un autre métier. Qu'est-ce qu'il peut dire ? Mais à présent il rit, doucement, et il dit, eh bien alors tu n'as qu'à le faire. Non pas être Paloma, mais tout le reste – pourquoi est-ce que tu ne le fais pas, tout simplement.

Parce que ce n'est pas simple, justement, dit Stella. Pour moi en tout cas ce n'est pas simple. Rien ne me paraît simple dans ce monde, sauf peut-être préparer le dîner d'Ava ou changer les draps ou laver la vaisselle correctement.

Jason hoche la tête. Il actionne les essuie-glaces, la route est un ruban vert, sombre, qu'on déroule devant eux, soyeux, immense. La pluie efface la forêt de hêtres, les arbres semblent se fondre les uns dans les autres. Dans la voiture il fait chaud. Jason lâche le volant de la main droite, il se frotte la tête, repose la main sur le volant, il la laisse retomber sur le volant et il dit, au fait je suis passé devant.

Tu es passé devant quoi, demande Stella, son estomac se noue, son cœur aussitôt accélère, comme s'il avait attendu cette phrase, comme si la phrase était un horrible mot de passe.

Mister Pfister, dit Jason. Il prononce le mot d'une manière bizarre, entre hostilité et dégoût. Je suis passé devant la maison de Mister Pfister, je suis allé voir ça.

Et alors, dit Stella.

Tu y es déjà allée, dit Jason.

Non, dit Stella, conformément à la vérité, non, je n'y suis pas allée.

Elle a songé à passer devant la maison de Mister Pfister. Pas pendant ces jours où Jason est là, mais la veille de son retour, vendredi. Elle y a songé, et puis elle n'est pas passée devant, elle n'a pas voulu aller voir. Voir quoi, en réalité, et puis à quoi bon.

Elle dit d'un ton résolu, je ne veux pas la voir. Je ne prends jamais la rue dans ce sens, et ce n'est pas maintenant que je vais le faire.

Oui, dit Jason, mais il dit ça comme s'il ne s'agissait pas de Stella, mais de lui et par conséquent de tout autre chose. Je sais. Mais moi j'ai pris la rue dans ce sens et je suis allé voir, c'est une maison on ne peut plus normale, la même que la nôtre exactement. Elle n'a pas l'air inhabitée, mais pas vraiment habitée non plus. En tout cas, on dirait qu'il vit là tout seul, il n'y a que son nom sur la porte et je ne l'ai pas rencontré. Au cas où tu t'apprêterais à poser la question.

J'aurais posé la question, dit Stella. Bien sûr que je t'aurais posé la question. Je t'aurais demandé si tu l'as vu.

Non, je ne l'ai pas vu, dit Jason, il jette des coups d'œil dans le rétroviseur, comme si quelque chose s'approchait à grande vitesse, mais la route derrière eux est vide.

Il dit, il n'était pas là, je crois. Je ne sais pas pourquoi mais je crois qu'il n'était pas chez lui.

Tu es juste passé devant ou bien tu t'es arrêté.

Je me suis arrêté devant.

Combien de temps, dit Stella, elle sourit malgré elle.

Assez longtemps, dit Jason. Bien assez longtemps en tout cas.

À la maison, Paloma est assise dans le fauteuil de Stella près de la fenêtre et regarde la télévision. Elle a les pieds relevés sur le fauteuil, elle ne regarde pas dehors quand la voiture arrive. Jason descend et ouvre le portail. Stella reste à l'intérieur, elle regarde Paloma à travers le pare-brise, encadrée par la baie vitrée comme un tableau – la personne tellement fiable qu'est Paloma dans la lueur vacillante de la télévision, elle regarde Paloma avaler posément une grande gorgée de son verre d'eau et reposer le verre d'eau sur la table, sans détourner les yeux de ce qui se passe sur l'écran. Pendant un instant, Stella a la nostalgie de Clara, une nostalgie violente et sans mélange. Que ferait Clara ? Elle serait assise dans la cuisine, très certainement en train de manger quelque chose, sans doute une tartine de jambon avec de la moutarde et des cornichons, elle aurait changé de chaîne de radio, serait passée du classique à de la musique pop, elle aurait allumé des bougies, elle serait sans doute ivre et Ava pas encore endormie. Malgré tout, c'est un cadeau pour Stella, que Paloma soit assise dans le fauteuil près de la fenêtre. Qu'elle ait pris la place de Stella, pour un court laps de temps, peut-être crucial.

Les cadeaux de cette sorte, pense Stella, sont nouveaux dans ma vie. Il n'y en avait pas encore eu jusque-là. Ou alors je ne les ai pas vus ?

Le lendemain, Jason emmène Ava au jardin d'enfants, revient, fait sa valise lui-même et s'en va. Il est debout à côté de Stella dans le jardin et la regarde, les mains dans des gants de caoutchouc jaunes elle est en train de désherber la plate-bande de roses, de déraciner les pissenlits, les orties, l'avoine sauvage. La lumière du soleil est d'une clarté renversante. Stella voit sa propre ombre, l'ombre de Jason, l'intervalle entre les deux.

Elle dit, est-ce qu'Ava a pleuré. Elle ne peut pas regarder Jason.

Non, dit Jason, elle n'a pas pleuré. J'imagine qu'elle va pleurer ce soir. Appelez-moi.

On t'appelle, dit Stella. Mais elle se relève tout de même et elle serre Jason dans ses bras avec fougue, éperdument, puis elle le lâche.

Qu'est-ce que tu vas faire avec Mis-ter-pfis-ter, dit Jason. Il reste planté là, comme si elle ne l'avait pas serré dans ses bras.

Qu'est-ce que je dois faire avec lui. Stella cligne des yeux à cause du soleil, elle ne distingue pas bien le visage de Jason.

Si tu veux mon avis, dit Jason, il n'attend pas de réponse. Tu devrais te tenir en dehors de ça. Tu devrais ne pas réagir. J'ai lu un truc là-dessus, réaction signifie contact, et c'est de ça qu'il s'agit, c'est ce que veulent ces gens-là. C'est maladif.

Je me tiens en dehors, dit Stella. De toute façon je me tiens en dehors. Où est-ce que tu as lu ça.

Sur internet, dit Jason. Sur cette connerie de foutu internet, où veux-tu que ce soit.

Stella est au coin de la rue, au bord du chemin forestier, et agite la main jusqu'à ce que Jason ait tourné dans la rue principale. Elle se sent au bord des larmes, sans savoir d'où viennent ces larmes, plus tard seulement elle se demande comment se tenir en dehors d'une chose dont elle n'est absolument pas responsable, comment elle pourrait piloter quoi que ce soit alors qu'un autre tient la barre. Sur la table, dans la cuisine, il y a les cigarettes de Jason à côté de son bol de café. Il a oublié sa veste. Il a fait le lit, laissé la fenêtre de la chambre ouverte. Il a lu dans le journal un article sur un camp de réfugiés, il a peut-être lu la phrase *l'espace se modifie, le rapport aux lieux et aux espaces se modifie en temps de guerre*, avant de se lever, de quitter la table de la cuisine pour aller travailler, pour partir.

Chapitre 6

Ava ne pleure pas. Mais le soir elle insiste pour que Stella lui raconte une histoire. Il faut que Stella lui raconte quelque chose, Ava n'en démord pas. Raconter ce genre d'histoire, pour Stella c'est comme une chute libre. Les personnages que voudrait Ava tournoient dans la tête de Stella, elle a toutes les peines du monde à les saisir, ils montent et s'éloignent comme des ballons remplis d'hélium.

Je pourrais te dire un conte, dit Stella mollement.

Non, dit Ava d'un ton ferme et impitoyable. Tu dois me raconter l'histoire de la petite girafe et du prince.

Stella essaie. Elle essaie, par peur à l'idée qu'elle pourrait, des années plus tard, éprouver le remords de n'avoir pas raconté à Ava l'histoire de la petite girafe et du prince. (En ce temps-là. Un soir de mai. Tu avais quatre ans et Jason n'était pas là. Dans cette maison un peu en dehors de la ville où nous habitions à l'époque, tu t'en souviens encore un tout petit peu, je crois. Tu avais une chambre sous le toit, ta lampe de chevet était un globe terrestre, tu voulais toujours voir l'océan Atlantique. Devant la fenêtre il y avait un jardin et un pré à l'abandon, une fois on a observé une buse, la buse a attrapé un campagnol et l'a emporté, tu as tellement pleuré, tu te rappelles ? En ce temps-là. La fois où j'ai refusé de te raconter une histoire toute simple.)

Ce remords ne lâche pas Stella. Il est comme un dysfonctionnement, comme une erreur minuscule mais cruciale à l'intérieur du système. Stella pense parfois que Jason éprouve lui aussi ce remords, mais qu'il s'en est purement et simplement déchargé sur Stella, elle l'assume à sa place, elle le porte en elle. Pourquoi pense-t-elle ça ? Le remords rend les choses pénibles, et en même temps uniques.

La petite girafe n'arrive pas à s'endormir. Elle est couchée auprès du petit prince et elle essaie de fermer les yeux.

Elle essaie désespérément de fermer les yeux, dit Ava.

Elle essaie désespérément de fermer les yeux. Le petit prince met ses bras autour du cou de la petite girafe et presse le visage contre son pelage. Le pelage de la petite girafe est chaud. La lune luit à travers la fenêtre. La petite girafe dit, j'ai faim. Je voudrais un verre de lait. Le petit prince se lève. Les couloirs du château sont obscurs et très froids. Dans la cuisine, la grosse cuisinière assise près du poêle chaud fait des mots croisés. Elle dit, ça tombe bien que vous veniez. Vous savez sûrement ce qui tombe du ciel et qui a cinq lettres ? Et vous aimeriez sûrement un verre de lait bien chaud ?

Ava est couchée au creux du bras de Stella, sa tête sur le ventre de Stella. Ses cheveux noirs sont doux, tout son corps est doux. Elle tourne les boutons de la veste en tricot de Stella, elle soupire. Elle aime les phrases simples, Stella sait que le mieux, pour contenter Ava, c'est une histoire où il ne se passe rien. Une histoire sans chute, peut-être même sans émotion, une histoire qui parle de la suite égale des jours, qui dit que tout reste comme c'est.

Qu'est-ce qui tombe du ciel et qui a cinq lettres ?

La pluie. La pluie tombe du ciel et elle a cinq lettres.

La neige aussi elle tombe du ciel. Est-ce que demain je pourrai mettre mes bottes rouges en caoutchouc ? Sûr et certain ? Même s'il ne pleut pas ?

Demain tu pourras mettre tes bottes rouges en caoutchouc, sûr et certain, même s'il ne pleut pas.

On voulait appeler papa.

On le fera demain. Dors bien, Ava. Endors-toi vite.

Stella laisse la porte entrouverte et la lumière allumée dans le couloir devant les trois pièces. Elle est debout à la fenêtre dans le séjour à côté du fauteuil, elle allume le lampadaire et regarde son reflet dans la baie vitrée, derrière son reflet le jardin plongé dans la nuit, la clôture, le réverbère et la rue, les images se superposent les unes aux autres selon la manière dont elle regarde. Stella éteint à nouveau la lampe. Elle s'assied à la table de la cuisine et écrit une liste de choses auxquelles elle doit penser – *ampoules, carton de couleur pour Ava, se renseigner pour les médicaments de Walter, lettre à Clara, planning de service pour le week-end, pommes et poires* –, elle a le sentiment qu'elle devrait écrire encore autre chose, il y a une chose qu'elle a oubliée, de quoi s'agit-il, ça ne lui revient pas, et pour finir elle abandonne. La radio diffuse de la musique classique, enchaînements de sons légers, retenus, policés. Stella est assise à la table, le crayon à la main, elle songe qu'être assise là sans rien faire à la fin d'une journée doit être un signe de vieillissement. Comment allait-elle se coucher autrefois ? Avant Ava ?

Dans les années avec Clara, dans les années précédant les décisions de vivre comme ci ou comme ça, ou tout autrement. Stella a le sentiment qu'elles allaient se coucher en parlant. S'endormaient en parlant, se relevaient en parlant. Allaient se coucher en buvant, en fumant. Déchaînées, dévastées par quoi au juste, ivres ou bouleversées, se ruant dans le sommeil et en sortant d'un bond. Tout était important. Tout était important.

Le silence à la table de la cuisine, le sommeil précieux d'Ava – la limitation des contacts à Jason, Paloma, Dermot, Walter et Esther est frappante. Suspecte, comme si elle devait signifier quelque chose.

Mais j'aime bien être seule, dit Stella s'adressant à la cuisine. Oui, j'aime bien être seule. Autrefois je n'aimais pas être seule, mais maintenant justement j'aime bien.

Elle dit, Mister Pfister aussi aime sans doute être seul.

Mis-ter Pfi-ster.

Que fait Jason à l'heure qu'il est, seul sur son chantier, dans la maison sans toit aux portes en tôle ondulée et aux planchers en cèdre d'Alaska. Que fait Jason ? Avec qui Jason aimerait-il parler, en fait ?

Stella se lève de la table, fait couler de l'eau dans la bouilloire, pose la bouilloire sur la cuisinière et reste à côté de la cuisinière jusqu'à ce que l'eau bouille. Elle écoute le grésillement de la flamme du gaz, la voix qui sort de la radio, le bouillonnement hésitant de l'eau. Debout dans la cuisine, elle attend.

CHAPITRE 7

Pluie.

Ava enfile ses bottes en caoutchouc, son imperméable, met son chapeau de pluie sur sa tête et, quand elle a terminé, se regarde longuement dans le miroir d'un air grave.

Stella met sa cape imperméable par-dessus sa veste.

Au portail du jardin elle récupère le journal des mains du livreur avant qu'il n'ait eu le temps de le jeter dans la boîte aux lettres. Elle emmène Ava au jardin d'enfants à vélo, prend la clé de Walter au bureau, arrive trop tard pour pouvoir boire un café avec Paloma, elle fait probablement exprès d'arriver trop tard. Dans la maison de Walter la porte de la véranda est grande ouverte, et l'humidité flotte dans la pièce comme de l'écume, comme un brouillard. Les canaris de Walter se serrent l'un contre l'autre sur le perchoir de leur cage, Walter est dans son lit, couché sur le côté, il fait semblant de dormir comme si Esther et lui s'étaient donné le mot. Stella lui effleure doucement l'épaule. Est-ce que tu as envie de te lever, Walter ? Walter n'a pas envie de se lever. Stella sait qu'elle devrait le forcer à se lever, mais elle se sent elle-même beaucoup trop faible. Walter a dans les cinquante-cinq ans, il est atteint de sclérose en plaques, il était architecte, célibataire, sans enfants, il mentionne volontiers qu'il a été un homme séduisant avant que la maladie ne le cloue au lit. Stella ne le connaît pas comme un homme séduisant. Elle le connaît comme un de ses patients, nécessitant des soins, dépendant d'elle, malade. Elle connaît sa salive, sa digestion, l'odeur de son urine. Dans la chambre il y a des maquettes de ses travaux, des ponts et des entrepôts, Walter construisait surtout des ponts et des entrepôts. Stella n'arrive pas à l'imaginer séduisant mais elle est touchée par la délicatesse et l'exactitude des maquettes, par la précision et la concentration dont Walter a manifestement été capable à un moment donné. Aujourd'hui quand il a envie de boire elle doit lui mettre la paille dans la bouche et l'y maintenir. Sur le mur tout autour du lit de Walter sont accrochées des pages de journal, une série d'articles où des gens parlent de leurs rêves et se font photographier pour l'occasion les yeux fermés. Walter raffole de cette série, raffole des photos de femmes, moins de la description de leurs rêves que de leurs visages, de leurs visages qu'on dirait endormis. Il prétend oublier sans arrêt le nom de Stella et être incapable de se souvenir de sa mère, mais il sait parfaitement quand on est mercredi, quand paraît le prochain article. Aujourd'hui on est mercredi. Dans la cuisine de Walter Stella ouvre le journal. Une jeune fille blonde de vingt ans, un visage étroit, peu engageant, et un rêve que Stella n'a pas envie de lire. Walter va-t-il vouloir accrocher cette jeune fille au-dessus de son lit ? Stella suppose que oui. Elle ne sait pas trop ce qui importe exactement à Walter dans ces visages de femmes – les yeux fermés ? Elles doivent être près de lui, mais elles ne doivent pas le voir réduit à l'impuissance ? Le désir de voir le visage de quelqu'un au moment où l'on se réveille. Le désir de voir au réveil le visage endormi de la personne aimée. Stella a le sentiment qu'elle risque de devenir folle si elle s'appesantit trop longtemps sur Walter. Il y a des infirmiers qui considèrent sa galerie de portraits comme le fait d'un psychopathe, Stella ne se prononce pas. Elle nettoie la salle de bains, la cuisine, le réfrigérateur et les placards. Elle nettoie la cage des oiseaux, change l'eau dans la coupelle, accroche une branche d'aubépine fraîche aux barreaux, les oiseaux sont perchés, serrés l'un contre l'autre, et observent Stella en silence, l'œil noir et réprobateur. Elle remet soigneusement le crochet de la petite porte de la cage et va faire les courses. Elle téléphone à Paloma et note les rendez-vous médicaux de Walter pour la semaine qui vient, elle mélange du fromage blanc, des prunes et des graines de lin, elle s'assied près du lit de Walter, il n'a même pas envie de se retourner vers elle, mais il dit qu'il serait content qu'ils aillent de nouveau ensemble à un concert bientôt. Stella fait ça quelquefois, elle sort avec Walter, au cinéma, au concert, au théâtre, ils tiennent bon tous les deux environ une demi-heure, trois quarts d'heure, puis Walter dit qu'il veut rentrer à la maison, il ne le dit pas une fois, il le dit cent fois, il le répète jusqu'à ce qu'ils aient regagné avec le fauteuil roulant le vestibule de sa grande maison, dans laquelle sa vie se limite désormais à une seule pièce ; chaque fois Stella lui dit sa façon de penser. Mais elle finit toujours malgré tout par ressortir avec Walter. Elle a le sentiment que la résistance qu'ils doivent surmonter, lui comme elle, les rend tous les deux plus forts. Pour quelque temps, du moins.

Elle dit, je retournerai bientôt au concert avec vous. Tournez-vous vers moi. Mangez un peu.

Elle nourrit Walter et elle se demande si dans la manière dont Walter prend la nourriture dans la cuiller ne subsiste pas quelque chose de la manière dont, enfant, il prenait la nourriture dans la cuiller que lui présentait sa mère, elle reconnaît encore le bébé dans la manière dont Ava mange, dans sa minuscule déglutition finale, c'est toujours Ava bébé cherchant à happer la cuiller, à happer la bouillie sucrée. La mère de Walter qui est vieille comme Mathusalem pourrait le dire, elle reconnaîtrait son bébé en Walter, quelle idée triste.

Walter. Vous voulez sortir ?

Walter ne répond pas, et Stella s'arc-boute par-dessus lui et par-dessus son propre corps, elle le tire hors du lit. L'habille, soulève ses bras et ses jambes ballantes, enfile d'épaisses chaussettes sur ses pieds glacés et lui met d'inutiles pantoufles, puis elle lui noue une écharpe autour du cou, dispose la housse imperméable au-dessus de son fauteuil roulant et le pousse jusque dans la véranda. Elle prépare du thé et ensuite s'assied. Ils sont assis côte à côte et regardent la pluie, ils regardent le bois exotique de la véranda devenir de plus en plus foncé sous la pluie.

Il fait froid pour un mois de mai.

Walter hoche la tête.

Stella déplie le journal et le lui tend, elle lui montre la jeune fille blonde et il plisse les yeux d'un air sceptique, puis fait un geste de rejet. Il manque quelque chose à la jeune fille blonde. Ou bien elle a quelque chose en trop. Comment raconter ça à Jason ? Comment est-ce partageable, ce détail, et puis cet autre, et aussi la tendresse dont elle est capable quand elle essuie la bouche de Walter, qu'elle lui essuie la bouche avec une serviette et, quand il n'y a pas de serviette à portée, avec la paume de sa main.

Il n'y a plus de graines de lin, note Stella à la craie sur le tableau accroché au placard de la cuisine de Walter, à l'intention du service du soir. *La semaine prochaine il faudra dégivrer le freezer. L'eau n'a pas été livrée ? Bien à vous.*

Elle ramène Walter dans son lit, met le traversin sous sa tête, le couvre et ajuste la couette autour de ses pieds. Elle ferme la porte de la véranda et bloque la poignée.

Est-ce que les oiseaux ont à manger ? À boire ? Walter articule mal, comme s'il était saoul, comme s'il racontait une blague.

Bien sûr, dit Stella. Ils ont assez pour tenir jusqu'à la fin de l'année, Walter. À demain. Salut.

Elle ferme la porte d'entrée à clé de l'extérieur. Se demande s'il l'a entendu. Et s'il apprécie ou pas ce bruit.

Dehors, un vent souffle dans les rues qui sent la mer. Stella se retourne. Une foule de gens. Personne qu'elle reconnaisse, qu'elle connaisse.

Elle va chercher Ava au jardin d'enfants. Elle enfile à Ava ses bottes en caoutchouc, lui boutonne son manteau, lui met le chapeau de pluie sur la tête et l'attache précautionneusement sous son menton rond.

Je voudrais manger une glace.

Je voudrais absolument avoir un chat. Absolument.

Je voudrais aller chez Stevie. Je voudrais être toujours avec Stevie.

J'ai fait une peinture pour papa. J'ai peint une maison sans toit, mais les autres ils ont peint un toit par-dessus, ils ont peint un toit par-dessus ma maison.

Elles rentrent à vélo sous la pluie. Le sable sur le bord du chemin forestier est détrempé, les arbres sont si mouillés qu'ils sont presque noirs. Stella pousse le vélo dans le jardin, laisse le portail se refermer derrière elle, soulève Ava du siège et la dépose par terre. Ava reste là, renverse la tête en arrière, offre son visage à la pluie.

Stella ouvre la boîte aux lettres. Dans la boîte il y a une carte. L'une des faces est blanche, sur l'autre il y a juste une phrase, les lettres s'effacent rapidement…

ce furent des journées bien longues

Viens, dit Stella à Ava. On rentre dans la maison.

Chapitre 8

À midi Clara appelle. Sa voix au téléphone est gaie et distraite, absolument familière, comme si Stella pouvait la saisir dans sa main, c'est un énorme soulagement. D'entendre la voix de Clara.

Stella, dit Clara. Avant qu'on ne parle de tout le reste. Ton nouvel admirateur – c'est quoi comme genre de type ? Tu peux me dire quel genre c'est ?

Elle dit ça en passant, sans réfléchir. Elle dit ça comme elle mâcherait du chewing-gum. Comme si Stella pouvait envisager de faire la connaissance de Mister Pfister. Comme si c'était encore une possibilité – une parmi d'autres, et pourtant la seule, exactement comme autrefois, pourquoi pas ? Clara pose la question comme s'il n'y avait pas Jason. Comme si Jason n'était pas encore là, ou plus là.

Clara, dit Stella d'un ton sévère. Ce n'est pas mon admirateur. Ce n'est pas du tout un type qui me fait la cour d'une manière un peu tordue. Tu comprends ce que je dis ?

Curieusement, Stella le sait. Elle sait que l'attirance de Mister Pfister pour elle n'a rien à voir avec l'attirance de ceux qui, il y a dix ans, déposaient des lettres ou des cartes dans sa boîte aux lettres, gravaient des signes sur le pas de sa porte, bousculaient Clara pour entrer dans le vestibule et s'asseyaient à la table de la cuisine, une bouteille de schnaps dans une main et dans l'autre une cigarette roulée – est-ce que Stella est là, ta colocataire, tu sais bien, cette fille pâle, blonde, non, dans ce cas je l'attends tout simplement ici, ne te dérange pas pour moi, je m'assieds là, elle va bientôt rentrer, non. Il y a dix ans, lorsque quelqu'un sonnait à la porte à l'improviste, c'était tout à fait différent, semble-t-il. Stella pourrait peut-être dire que Mister Pfister est le finale. La synthèse finale de tous ceux qui au fil des années qu'elle a passées en ville avec Clara se sont présentés devant sa porte.

Stella dit, Mister Pfister est un satané fantôme.

Elle est assise à la table de la cuisine, boit de l'eau, s'est épluché une pomme verte et l'a découpée en petits bateaux, comme si c'était pour Ava, elle mange la pomme méthodiquement, morceau par morceau, comme un acte de résistance. Clara, à mille kilomètres de distance, est assise elle aussi à la table de la cuisine. À la table non débarrassée dans son moulin sous une petite fenêtre carrée, les enfants sont au jardin d'enfants, le mari de Clara à l'école, la table couverte de tasses et de pinceaux, de peintures et de verres, de fruits et de chandeliers, le désordre bien-aimé de Clara, son irrémédiable pagaille. Clara boit du thé. Mais sans manger de pomme, à la place elle fume, on l'entend tirer sur sa cigarette, et elle dessine, Stella distingue le petit bruit du crayon qui hachure le papier.

Elle dit, Mister Pfister est un fléau. C'est un châtiment.

Un châtiment de quoi, dit Clara.

Je ne sais pas, dit Stella d'un ton sinistre. Je ne l'ai pas encore découvert, mais je crois que je suis tout près de percer le mystère, je saurai bientôt, je vais bien y arriver. Tu te rappelles le type du tramway ?

Elle-même vient juste de repenser à l'instant au type du tramway. Il y a combien de cela – quinze ans ? Un inconnu, et elle était descendue du tram avec lui, ils avaient tout naturellement parcouru toute la rue jusqu'à leur maison, à Clara et elle, monté les marches sans un mot et, enfin arrivés dans l'appartement heureusement vide, ils avaient couché ensemble sans autre forme de procès. En plein jour. Dans le lit de Clara.

Pas dans son lit à elle, mais dans celui de Clara. Comme si cette rencontre n'était pas réelle, n'avait pas vraiment lieu ou arrivait à une autre ; Stella en tant que Stella n'aurait rien osé faire. C'est seulement en tant que Clara qu'elle en a été capable – tendre la main, fermer les yeux – et, de cette manière, une seule et unique fois.

Elle dit, l'homme avec qui j'ai couché sans le connaître. Que je n'ai plus jamais revu ensuite. Je ne sais plus comment il s'appelait, il se peut qu'il ne m'ait même pas dit son nom, je ne lui ai sans doute pas dit le mien. Je m'appelle Stella ? Non, je ne lui ai pas dit ça. Mais je me rappelle très précisément tout le reste. J'ai laissé tomber tous mes scrupules.

En fait je suis prude, pense Stella avec surprise. Est-ce que j'ai toujours été comme ça ? Est-ce que c'est Jason qui veut que je sois prude ? Mais pour ce qui est de l'intérêt que me porte Mister Pfister, ça ne joue de toute façon aucun rôle. L'intérêt de Mister Pfister est d'une tout autre nature et c'est peut-être justement ce qu'il y a de vexant là-dedans.

Elle dit, je ne sais plus si j'avais fermé la porte à clé pour le cas où tu rentrerais. Tu n'es pas rentrée. Je n'étais pas obligée de te raconter ça, mais je te l'ai raconté. Je t'ai demandé s'il fallait que je change les draps, cet homme avait une forme de saleté que tu n'aimais pas. Contrairement à moi.

Et j'ai répondu quoi, dit Clara, visiblement intéressée.

Tu as répondu, pas la peine.

Stella rit malgré elle, Clara rit aussi. D'un air entendu, probablement avec nostalgie, c'est absurde.

Alors maintenant tu te rappelles, dit Stella.

Oui, dit Clara, je me rappelle. Et pourquoi tu me racontes ça ?

Parce que Mister Pfister est exactement le contraire, dit Stella, elle se redresse et prend une profonde inspiration. Je te le raconte sans doute parce qu'il est exactement le contraire de ça. En tout cas, le fait est qu'il passe ici tous les jours, tous les jours. Quand Jason est là il ne vient pas, depuis que Jason est parti il revient. Il sonne, il dépose quelque chose dans la boîte aux lettres, il n'attend plus, il sait que je suis là, que je ne sortirai pas, il le sait parfaitement.

Stella se lève, va vers la véranda, ouvre la porte moustiquaire et reste debout dans l'encadrement de la porte. La lumière de mai frappe le pré de plein fouet, les arbres projettent des ombres dures, précises. Le lilas est passé, les grappes de fleurs sont marron. Le vent qui souffle du coin de la maison est frais, mordant et les nuages courent au-dessus de l'horizon.

Dans les trente-cinq ans ? Il doit avoir dans les trente-cinq ans. Stella a le sentiment qu'elle ferait mieux de ne plus parler de Mister Pfister, ça ne lui réussit pas, mais elle ne peut plus revenir en arrière. Elle dit, en fait il présente tout à fait bien. L'air juvénile, ouvert, tu vois ce que je veux dire, mais avec quelque chose de… déglingué, tu comprends. Il paraît tout à fait normal, comme nous tous, mais on sent autre chose en dessous, un épuisement, une déchéance, une tristesse profonde. Tu m'écoutes ?

Oui, dit Clara surprise. Je t'écoute.

Stella tend l'oreille. Puis elle dit, il est absolument seul. Il donne l'impression d'avoir tout le temps devant lui. Un temps infini. Maintenant je l'ai vu trente-six fois s'éloigner de notre maison, descendre la rue, et il ne donne jamais l'impression d'aller travailler. Il porte des vêtements passe-partout, une veste sombre, un jean clair, jusqu'à présent il n'a jamais eu de sac, jamais un livre ou un journal ou un téléphone portable. Mais toujours un paquet de tabac, toujours du papier à rouler, toujours un briquet.

Elle y réfléchit. Et puis elle dit d'un ton agressif, il n'arrête pas de fumer.

Elle dit, je suis certaine que ses doigts sont jaunis par la nicotine. L'index et le majeur, Stella sent qu'elle parle avec une véhémence que Clara pourrait juger suspecte, mais elle continue tout de même. Il habite dans notre rue. À cinq ou six maisons de la nôtre, Jason est passé devant, pas moi. Peut-être qu'il faudrait que je le fasse une fois ? Je pense qu'il se croit d'une espèce supérieure, ça se voit à son écriture, en tout cas son orthographe est correcte, et il écoute de la musique classique, il me l'a écrit. J'ai le sentiment qu'il est bloqué. Il est bloqué, un jour dans sa vie quelque chose s'est coincé, il est resté pris dans une boucle temporelle et il croit qu'il va pouvoir m'y entraîner avec lui – semble-t-il.

Stella dit, tu me suis, et elle écoute le silence songeur de Clara à l'autre bout de la ligne. Le silence songeur de Clara dans sa vie là-bas, si loin. Mais aujourd'hui comme à l'époque, Clara préfère toujours se tenir dans sa cuisine, elle a les pieds, Stella le sait, posés sur la chaise et le téléphone coincé entre la tête et l'épaule, parce qu'elle doit tenir sa cigarette de la main gauche et son crayon de la droite.

Clara, je te demande si tu me suis. Qu'est-ce que tu es en train de dessiner.

Je te suis. Je dessine des spirales, évidemment, dit Clara d'un ton sec. Je dessine une boucle temporelle.

Et comment je dois me représenter ça, dit Stella.

Eh bien, comme un trou noir, dit Clara. Une spirale, très très fine, j'ai dessiné une spirale très fine, plutôt un tourbillon. Au milieu, un trou noir. Qui aspire. Ou un gouffre. Le gouffre dans lequel Mister Pfister est bloqué, c'est ça que je dessine, c'est facile à comprendre.

Découpe-le et envoie-le-moi, dit Stella. Écris dessous quelque chose de réconfortant, un terme de botanique, par exemple. Comme si la spirale était quelque chose de beau, une plante.

Je le fais, dit Clara. Je suis déjà en train.

À l'époque, dans l'appartement en ville, dans les trois pièces dont Clara occupait celle de gauche, Stella celle de droite – et dans celle du milieu il n'y avait qu'un canapé, un téléphone et toujours un bouquet de fleurs –, Clara avait découpé un poème dans le journal et l'avait collé sur la porte d'entrée, jusqu'à son déménagement le poème était resté là. *Laisser entrer tous ceux qui viennent*, autant que Stella se rappelle, voilà ce que disait le dernier vers.

Tu te souviens comment s'intitulait ce poème que tu avais collé sur notre porte ?

Règlement intérieur. Ce poème s'intitulait *Règlement intérieur.*

Stella dit, exact. *Règlement intérieur.* Maintenant ça me revient. Si tu étais encore là, il serait toujours en vigueur. Je devrais laisser entrer tout le monde, et j'aurais donc laissé entrer aussi Mister Pfister. Je l'aurais invité à me suivre dans la cuisine et j'aurais posé une bière fraîche sur la table devant lui.

Mais Clara n'est plus là, et sans Clara les prescriptions de ce règlement intérieur n'ont plus cours. Mister Pfister paraît le savoir, c'est peut-être justement ce qui a éveillé son intérêt pour Stella, Stella sans la protection de Clara, et sans la protection de Jason non plus, manifestement.

Tu penses que je devrais le laisser entrer ? Lui ouvrir la porte et parler avec lui ?

Non, dit Clara lentement, et sa voix est si catégorique, si profonde que Stella est tranquillisée d'un coup. Non, tu ne dois pas le laisser entrer. Ni lui ouvrir la porte, ni parler avec lui. Il faut que tu fasses attention à toi. Stella. Tu vas le faire ?

Chapitre 9

Mister Pfister passe maintenant tous les jours. Il a compris que Stella se donne du mal pour ne plus être chez elle le matin, pour changer ses heures de service, commencer le plus tôt possible ou sinon faire comme si elle partait quelque part, à trois reprises déjà elle a fait une pause dans un café de la zone piétonne, essayé en vain de lire un livre, bu du thé au lait en mangeant un croissant rassis, et elle s'est sentie comme une étrangère dans sa propre vie.

Mister Pfister enregistre. C'est l'expression de Jason – Mister Pfister a enregistré ça, il se contente donc de passer désormais un peu plus tôt ou un peu plus tard ; bien qu'il sache que Stella ne viendra pas à la porte, il est important qu'elle soit là quand il sonne. Il sait quand elle est là, il le sait presque toujours, et Stella ne veut pas réussir à découvrir de quel endroit exactement il l'observe. Quand Ava est là, il ne sonne pas, mais elle a le sentiment que ce n'est sans doute qu'une question de temps, une question de jours, et puis il sonnera aussi quand Ava est à la maison. L'image qui vient à l'esprit de Stella ? Une inondation. Le niveau des eaux qui monte. Un délai près d'expirer.

Mister Pfister sonne au portail du jardin. Il attend un moment calculé avec soin, jette quelque chose dans la boîte aux lettres, poursuit son chemin. Il ne fait jamais demi-tour, il passe toujours devant la maison et continue. Stella n'est plus dans le vestibule près de la porte. Elle reste là où elle est quand il sonne. Parfois elle est assise à son bureau dans sa pièce et le voit arriver, il arrive dans la rue par la gauche, et elle se recule sur sa chaise, ferme les yeux, compte ses pas, elle murmure : quatre, trois, deux, encore un – maintenant, et là il sonne ; quand la fenêtre est ouverte, elle distingue le petit claquement de la boîte aux lettres. Elle garde les yeux fermés, compte ses pas jusqu'au coin de la rue, continue à compter, et quand elle rouvre les yeux, il a déjà descendu le chemin forestier, il est hors de vue.

Tous les jours.

Dans la boîte aux lettres il y a un courrier. Une carte, une enveloppe, un bout de papier, une lettre, et Stella va à la boîte aux lettres munie d'un carton à chaussures et fait tomber la lettre, la carte, l'enveloppe, le bout de papier dans le carton à chaussures sans le lire, elle remet le couvercle sur le carton comme s'il y avait à l'intérieur une chose susceptible de se défendre, et elle pose le carton à chaussures par terre dans la remise sous l'établi.

Mardi. Mercredi. Jeudi. Vendredi.

Le vendredi il fait chaud. Tôt le matin le ciel est d'un bleu transparent. Stella parlemente avec Ava, la question est de savoir si des chaussures sont nécessaires ou pas pour faire le trajet jusqu'au jardin d'enfants. Elle réussit au moins à imposer une veste, sur le siège enfant Ava tend ses pieds nus vers le ciel d'un air triomphant.

Tu sais même pas ce que c'est, très chaud. Au jardin d'enfants aujourd'hui on va aller se baigner. Tu achèteras des fraises ? Tu peux acheter de la glace ? Est-ce qu'on pourra bientôt faire marcher l'arroseur ? J'aime quand il fait très chaud. J'aime quand c'est l'été. Stevie aussi, il aime quand c'est l'été.

Stella écoute la voix d'Ava. Les questions d'Ava qui n'attendent pas de réponse, elle entend la satisfaction dans la voix d'Ava, satisfaction devant des constats évidents, des sentiments univoques. J'aime l'été. J'aime quand il fait très chaud. Stevie aussi aime l'été.

Tu aimes l'été, toi ? Ava se penche sur la gauche, très bas, pour arriver à voir Stella de profil, le vélo tangue, Ava plaque ses mains autour du ventre de Stella.

Oui, j'aime l'été moi aussi. Assieds-toi bien droite, sinon on va tomber. Mais j'aime mieux l'hiver. J'aime mieux quand il fait froid qu'il neige qu'il y a la tempête.

Pourquoi ?

Bonne question, pourquoi.

La pelouse au jardin d'enfants est fraîche et ombreuse. La table ronde est mise pour le second petit déjeuner sous les arbres. Stella salue de loin les éducatrices, elle redoute les questions à propos d'Ava, les remarques qui pourraient l'inquiéter. Les ombres du feuillage dansent sur le visage d'Ava, elle a l'air si guillerette, elle pose sur la joue de Stella un ferme et serein baiser d'enfant.

Demain on ira voir papa. Oui, demain on ira voir papa.

Stella rentre chez elle. Elle pousse le vélo derrière la maison, ouvre la porte de la véranda avec la clé qui est toujours sous l'arrosoir, elle songe un instant à entrer en gardant la clé mais la remet tout de même sous l'arrosoir. Elle laisse la porte ouverte. Lave la vaisselle dans la cuisine, se fait du thé, met le lave-linge en route, éteint la radio, s'assied avec le journal à la table de la cuisine.

Mister Pfister sonne à neuf heures vingt-trois.

Stella prend sa tête entre ses mains et se concentre sur les détails d'une photo de mineurs chinois. Visages noirs, yeux irisés. Elle lit la légende de la photo sans comprendre un traître mot. Elle revient à la page précédente du journal, la tourne à nouveau. Au bout d'un moment elle se lève de la table et va dans le séjour, l'air de rien, une femme qui jette un coup d'œil par la fenêtre, c'est tout. La rue est déserte. Personne devant le portail du jardin. Rien ne bouge.

Stella ferme la porte de la véranda, prend sa veste au portemanteau dans le vestibule et sort de la maison. Elle ne regarde pas dans la boîte aux lettres. Elle referme le portail du jardin derrière elle et prend la rue sur la gauche.

Devant la maison voisine, un chien est étendu au soleil. La porte d'entrée est ouverte, l'étudiante – en sciences politiques ? médecine ? anglais ? –, qui lui adresse parfois par-dessus la clôture un salut gêné ou à peine poli, n'est pas visible. Sur le séchoir à linge, au milieu de la pelouse, de la lingerie délicate et une robe jaune, le gazon n'est pas tondu, les plates-bandes sont en friche, dans quelques rares pots pointent déjà des tournesols. La baie vitrée est poussiéreuse, dans son coin droit un squelette qui dresse une main osseuse vaguement menaçante, des bougies dans des bouteilles sur l'appui de la fenêtre. Stella regarde, elle a subitement le sentiment que chaque chose a une signification, recèle un message caché. La maison de la famille asiatique à côté est crépie de frais, le jardin est soigné, la haie taillée, presque impénétrable aux regards, une voiture gris métallisé dans l'allée, derrière toutes les fenêtres des stores baissés. Une maison plus loin, une vieille femme armée d'un grand sécateur taille les branches d'un rhododendron, elle salue Stella d'un air indulgent, Stella lui rend son salut et la dépasse, longe ensuite un terrain non bâti, elle se souvient vaguement d'une maison incendiée, un drame. Friche, achillées et lupins, terre sèche, des petits oiseaux, pinsons, roitelets, dans l'herbe. Une maison avec une piscine étincelante au milieu du gazon, une autre avec un auvent en surplomb au-dessus de la baie vitrée et de la terrasse, une table en fer, quatre chaises disposées autour comme en prévision d'une réunion importante. Et puis une maison avec un homme assis devant, sur une chaise pliante, en train de rayonner une roue de vélo, sur l'escalier devant l'entrée un transistor allumé, dans le vinaigrier entre les deux terrains est suspendue au milieu des branches une boule qui tourne et dont les facettes miroitantes projettent sur la maison et sur la pelouse des points lumineux de toutes les couleurs du spectre. L'homme lève la main. Stella l'a déjà vu, où était-ce donc, en ville, au centre commercial, au jardin d'enfants, elle l'a vu au jardin d'enfants, un réparateur de vélos, il réparait les bicyclettes des enfants. Dans la partie arrière du jardin, un bateau sous une bâche et de vieux vélos calés les uns contre les autres. Quelque chose fait hésiter Stella, et l'homme donne une impulsion à sa roue pour la faire tourner et se redresse. *Carlyle was in a spot, he'd been in a spot all summer, since early june, when his wife had left him*, chante une voix dans le transistor, Stella entend distinctement chaque mot, d'ailleurs elle voit tout très distinctement, chaque chose comme surchauffée et surlignée, peut-être cela tient-il au fait que son cœur bat plutôt vite, qu'elle se sent comme si elle avait peur. Mais peur n'est pas le bon mot. Elle voit la roue qui ralentit et s'immobilise, l'homme qui s'appuie au dossier de sa chaise, la chaise est posée dans le sable, le chemin du jardin n'est pas pavé, le sable est aveuglant, estival. La maison suivante est la maison de Mister Pfister. Numéro 8, et Stella détourne les yeux et continue à avancer, sans se donner le temps de changer d'avis. Elle entend toujours cette voix qui sort de la radio. L'homme qui siffle doucement dans sa barbe, un sifflement équivoque. Et voilà, elle y est.

La maison de Mister Pfister est blanche. À côté de la porte d'entrée pousse un pied de vigne. Le gazon est décoloré. Pas de plates-bandes, pas de chaises de jardin, pas de pots de fleurs, pas de table, pas de parasol. Rien.

Sa maison est silencieuse sous le soleil de midi. Délaissée. Stella est obligée de plisser les yeux, elle se rend compte alors que la baie vitrée est occultée de l'intérieur par un tissu sombre, la petite fenêtre à côté de la porte d'entrée paraît condamnée elle aussi et les carreaux dans la porte sont noirs.

De l'herbe pousse à la jointure des marches du perron. Pour une raison incompréhensible, c'est comme si la porte d'entrée n'avait plus été ouverte depuis longtemps, comme si Mister Pfister passait par la porte de derrière ou par la cheminée pour entrer et sortir. Stella est devant le portail du jardin. Elle a très chaud, la tête lui tourne. Elle a posé ses mains autour des croisillons rouillés de la clôture et elle observe tout ça, il y a quelque chose d'apaisant dans le fait d'observer tout ça. C'est une réparation, c'est – comment dit-on – une appropriation. Stella se doute qu'elle ne devrait pas le faire – elle ne devrait pas être là. Elle fait le contraire de ce que lui a conseillé Jason, elle réagit, même si pour l'instant Mister Pfister ignore tout de cette réaction. Mais c'est plus fort qu'elle. C'est plus fort qu'elle. Elle regarde sa maison comme lui regarde la sienne, d'un seul regard elle parcourt sans aucune retenue, sans aucune tendresse, les chemins qui sont les siens. Elle sait que le regard qu'il porte sur sa maison à elle, son chez-soi, est sans aucune tendresse lui aussi. Elle ne sait pas d'où elle le sait, mais elle le sait.

La boîte aux lettres de Mister Pfister est vieille et sale. Stella se retourne, personne en vue, elle soulève le rabat de la boîte aux lettres. Elle sent la sueur qui ruisselle le long de sa colonne vertébrale. La boîte est pleine à ras bord. Prospectus, publipostage, enveloppes à fenêtre. Stella sort une lettre, un courrier officiel d'une banque, et la remet dans la boîte ; même si elle avait voulu écrire à Mister Pfister, sa réponse ne lui serait jamais parvenue. Mister Pfister semble ne pas lire son courrier, il semble aussi ne plus vouloir en recevoir, et Stella a une intuition soudaine de ce que doit être l'intérieur de sa maison, des montagnes de papiers, des piles de journaux, des sacs-poubelle, une semi-obscurité dans la cuisine, une table encombrée d'objets, des objets qui dans les yeux de Mister Pfister pourraient d'une minute à l'autre changer de forme, d'usage et même d'essence. De la maison déferle une étrange, fluorescente et toxique vague de chaos, elle franchit le seuil, se répand dans le jardin, déferle jusqu'à Stella, et Stella laisse retomber le rabat de la boîte aux lettres et bat en retraite.

Elle s'essuie les mains à son pantalon.

Puis elle rentre à la maison.

Passe devant l'homme sur la chaise pliante, devant la terrasse avec la table en fer, qui à présent est mise et autour de laquelle sont assis un enfant et trois adultes, seul l'enfant lève les yeux. Devant la friche que survolent déjà les flocons de pollen des peupliers, devant la maison au rhododendron, devant la maison secrète de la famille asiatique, devant la maison voisine de la sienne, où le chien justement se lève et étire ses pattes arrière en bâillant ; elle se dirige vers son propre portail de jardin, suivant le trajet que Mister Pfister emprunte chaque jour, elle se déplace dans son champ énergétique. À quel moment a-t-il décidé que sa vie devait avoir un quelconque rapport avec sa vie à elle. Depuis combien de temps déjà descend-il la rue silencieuse, passe-t-il devant toutes ces maisons et pour finir devant la maison de Stella et de Jason en pensant qu'il y a quelque chose dont il ne pourrait parler qu'avec Stella et avec personne d'autre. Depuis quand sait-il si Stella est chez elle et pas Jason. Combien de temps a-t-il songé à sonner à sa porte avant de sonner pour de bon.

Des jours ?

Des semaines ou des mois.

Peut-être Mister Pfister pense-t-il à Stella depuis des mois déjà. Stella ne savait même pas qu'il existait. Il a bien dû y avoir un instant – dans la rue avec Ava sur le vélo, au centre commercial dans la queue à la caisse, au parc avec Walter dans son fauteuil roulant, sur le banc à côté du jet d'eau, dans la zone piétonne, bras dessus bras dessous avec Jason, ou ailleurs, dans un tout autre endroit, Stella seule à une autre extrémité du monde –, un instant où il l'a vue, où il l'a remarquée. Il doit bien y avoir eu un commencement. Mais quand.

Chapitre 10

Dans la cuisine de Dermot et Julia il fait chaud. Julia dort. Elle a mangé un peu, un œuf à la coque avec un demi-petit pain, elle a bu de l'eau et pris ses médicaments de midi, surtout des antalgiques. Elle est couchée sur le côté dans la chaise longue du séjour, la couverture entre les genoux. Stella peut la voir par la porte ouverte. Quand elle est couchée comme ça, elle ressemble à une jeune femme, à la jeune femme qu'elle a été un jour, une grande femme mince aux cheveux courts, aux yeux très écartés, aux bras trop longs, s'habillant affreusement mal, c'est ce que dit Dermot, jeune fille Julia s'habillait si affreusement mal, c'était presque insupportable. La chaise longue est marron. La couverture est rayée vert et fuchsia. Julia porte une robe grise, ce que Stella lui met lui est complètement égal, Dermot pose sur une chaise les affaires que Stella doit mettre à Julia, et Stella lui enfile sa robe en soutenant sa tête qui est lourde comme celle d'un bébé. Stella pense que Dermot choisit ces affaires avec beaucoup de soin. Des vêtements qu'il trouve beaux. Des vêtements que Julia trouvait beaux jadis. Des vêtements qui ne sont pas réduits à leur fonction et dans lesquels elle n'est pas humiliée. La robe d'aujourd'hui a une fine patte de boutonnage au col, les boutons sont ronds, en nacre usée par le temps. L'ourlet est brodé. Julia endormie dans la chaise longue, enveloppée dans les teintes de plus en plus sombres d'un après-midi orageux, n'a pas l'air d'une malade, d'une mourante, on dirait plutôt un tableau. Stella regarde. Elle cligne des yeux. Elle est fatiguée. Ces derniers temps elle est sans arrêt fatiguée.

Dermot remplit un verre d'eau pour Stella et le pose devant elle. Dehors, devant la cuisine, un ouvrier étend contre la fenêtre une bâche de plastique en s'excusant, il regarde à l'intérieur de la cuisine comme dans un aquarium, déconcerté, intéressé en même temps. La maison, dont Dermot et Julia ne sont pas propriétaires, est vieille, et elle va être rénovée puis vendue. Ils ont obtenu un délai mais il faudra qu'ils déménagent. Quand ça arrivera, Dermot sera peut-être déjà seul. Il faudra qu'il emballe tout seul les objets de leur vie commune, des livres et des partitions, surtout des livres et des partitions, mais aussi une foultitude de tableaux, de dessins, de photos encadrées, des caisses de papiers et des armoires entières de correspondance rangée dans des classeurs, sans parler de la vaisselle dans la cuisine, des tables et des chaises, des étagères et des lampes, des fauteuils et des canapés, de l'harmonium et de la chaise longue marron. Dans la cave, il y a aussi un rocking-chair. Les patins à glace de Julia dans une sacoche en cuir. Dermot ne parle pas de ces choses. Stella l'observe. Il ne se comporte pas comme si tout était fini. Il est marié avec Julia depuis soixante ans. Pas d'enfants. Pas de famille. Si Julia meurt, et Stella devine que ce sera le cas dans pas très longtemps, Dermot sera seul. La situation est si évidente qu'elle en paraît simple. Dermot dirait peut-être qu'il y est préparé. Peut-être qu'il dirait ça – j'y suis préparé.

Il est petit et un peu voûté. Sa tête est trop grosse. Il a une façon d'être si douce et réservée que même lorsqu'elle n'a passé que peu de temps avec lui Stella se sent pendant un long moment comme si elle pouvait désormais être une personne meilleure. Une personne plus aimable, et elle lui en sait gré. L'amabilité de Dermot déteint sur elle, elle déteint sur d'autres personnes auxquelles ils ont affaire – Paloma, les infirmières à cran de l'hôpital, le médecin indien qui n'en peut plus, l'ambulancier mal luné, la femme qui coupe les cheveux encore noirs et très doux de Julia, les ouvriers qui dressent l'échafaudage contre la maison, démolissent le toit, étendent les bâches, retirent le crépi et ne peuvent pas attendre, ils ne peuvent absolument pas attendre, malheureusement – tous reculent d'un pas, se concentrent, se calment et tentent un sourire, tentent de faire autrement. Ça, c'est Dermot. Comment Julia réagit à Dermot, Stella est incapable de le dire. Julia est déjà trop loin, elle était déjà trop loin quand Stella est arrivée dans leur maison. Il est possible que l'amabilité de Dermot soit liée à la maladie de Julia. Ce n'est pas à exclure. Mais Stella voit aussi cette amabilité sur les photos qui sont exposées sur les rayonnages, des poses vieilles de quarante ans, Dermot et Julia au bord de la mer, Julia sort de l'image avec un sourire terriblement séduisant, Dermot est assis sur un rocher rond, tourné vers le photographe, les épaules remontées et les mains entre les genoux. L'horizon est délavé et presque indiscernable, une jetée bute sur l'eau et se perd dans le flou. Où était-ce ? Ma foi oui, c'était où déjà, où ça se passait. Dermot dit qu'il a oublié, et ça le fait rire. En tout cas c'était en mars ? Peut-être que c'était en mars.

La cuisine plonge dans la pénombre. Les ouvriers retirent le crépi, c'est comme s'ils cassaient la maison en deux, les vitres tremblent. Stella regarde l'heure. Elle peut rester encore une demi-heure. Elle va rester ici encore une demi-heure. Dermot s'assied près d'elle. Il aligne les boîtes de médicaments pour Julia sur la table, extrait de leur emballage des cachets blancs et rouges et les dispose dans le pilulier, il compte à voix basse, consulte les ordonnances, dit, multimorbidité, ne trouvez-vous pas comme moi que ce mot est absurde ? Il dit, buvez votre verre d'eau avant de partir. Stella sait qu'avant, quand Julia n'était pas encore malade, c'était toujours lui qui se levait le premier le matin et qui lui apportait au lit un verre d'eau. Julia, dans la faible lumière du petit matin, adossée dans son lit, la fenêtre ouverte et dehors le jour qui commence, ordinaire. C'était naturel. Dermot continue à se lever le premier. Julia reste couchée, si elle buvait un verre d'eau, elle vomirait. C'est naturel aussi.

Je vais le faire, dit Stella.

Elle le regarde un moment, et puis elle prend son courage à deux mains. Elle dit, vous savez comment ça s'appelle quand on tombe amoureux subitement ? Quand l'amour vous tombe dessus comme un coup, comme un accident. Je sais qu'il y a un mot pour ça, mais il ne me revient pas.

Elle tourne son verre sur la table et essaie de prendre un air détaché. Elle sait que Dermot a un faible pour elle. Leur sentiment l'un pour l'autre est affectueux et prudent, une confiance timide.

Dermot referme le pilulier. Il tire les manches de son pull-over sur ses poignets – il porte toujours le même pull-over noir et la laine au niveau des poignets est démaillée et trouée – et il regarde Stella, avec une pointe d'agacement peut-être, mais aussi surpris, franchement.

Ça vous est arrivé ? Il dit ça comme si l'idée le réjouissait.

Non, dit Stella, ça ne m'est pas arrivé. Peut-être que j'ai vécu ça avec Jason, l'amour au premier regard, c'est ce que j'ai eu avec Jason. Mais je ne pense pas que ce soit ça. Je pense que c'est le contraire – le même sentiment, mais avec quelque chose de destructeur en même temps, quelque chose de mauvais.

Dermot réfléchit.

Et puis il dit, vous voulez dire le *coup de foudre* [1]. L'expression française, c'est ça que vous voulez dire. Le côté destructeur vient de l'éclair. De la puissance de l'éclair.

Il sourit comme si c'était quelque chose de tout à fait merveilleux. Attendez. Un instant.

Il se lève et va de la cuisine dans le séjour, passe à côté de la chaise longue, il ne touche pas Julia, il pourrait lisser sa couverture et lui toucher l'épaule, mais il ne le fait pas, et elle ne bouge pas, elle reste dans ce tableau tout de couleurs légères, une dormeuse. Stella voit Dermot ouvrir les tiroirs de son bureau, il fouille un moment dans un carton, le repose avec un soupir, se dirige vers la bibliothèque et sort des livres des rayonnages, souffle sur leur tranche pour enlever la poussière, les ouvre, les referme et revient enfin dans la cuisine avec une carte postale à la main, pousse de côté les boîtes de médicaments et la pose sur la table devant Stella.

1. En français dans le texte.

Un tableau, une peinture abstraite, un personnage comme Ava en peint – une tête ronde avec des nattes, des oreilles saillantes et des yeux comme des soucoupes, d'où poussent les bras et les jambes telles des antennes. L'expression du personnage est tourmentée, il donne l'impression d'avoir été cassé en morceaux, anéanti, démoli, de manière irréparable, plus rien ici ne retrouvera son intégrité. Un éclair jaune traverse le corps. Des flèches, de haut en bas, et à l'arrière-plan un autre personnage, masculin et flou, un corps et deux têtes.

Un peu comme ça ?

Oui, un peu comme ça, dit Stella, hésitante. Mais peut-être plutôt inversé. C'est la fille aux nattes qui est foudroyée par l'amour ? Ou bien cette vague silhouette derrière. Le personnage masculin. Elle tapote avec l'index sur les deux têtes, sur la tête de droite.

On peut voir ça dans un sens ou dans l'autre, dit Dermot. Je ne sais pas. Contre le fait d'être aimé, en tout cas, on ne peut pas se défendre.

Le regard de Mister Pfister sur moi a dû être comme ça, pense Stella. Et maintenant je suis comme la fille du tableau, je tombe.

Vous allez bien, dit Dermot.

Oui, oui, je vais bien, dit Stella. Je vais bien. J'ai affaire à quelqu'un à qui c'est arrivé, vous comprenez, ça lui est arrivé par rapport à moi.

Elle se sent rougir, le fait de dire ça la gêne. Il faut que je fasse avec. Il faut juste que j'apprenne à faire avec.

Ça ne doit pas être facile, dit Dermot. Ma foi, ce n'est sûrement pas facile.

Il n'en dit pas plus. Il n'y a d'ailleurs rien de plus à dire, pense Stella. Ils sont assis ensemble, silencieux, et ils entendent les ouvriers frapper, frapper sur le bois, la pierre et le béton, des coups de toutes sortes, comme une vague demande d'entrée, comme l'annonce d'une mesure difficile, quand bien même elle tiendrait en un mot.

Julia sur la chaise longue se retourne. Stella tend l'oreille, mais Julia n'appelle pas.

Il faut toujours, je crois, essayer de trouver un arrangement, dit Dermot. Il dit ça comme s'il y avait déjà réfléchi un bon moment. Trouver un juste milieu entre l'implication et l'indifférence. L'indifférence, c'est très important. Je ne veux pas dire la froideur, plutôt la légèreté. Peut-être ne devriez-vous pas prendre la chose trop à cœur ? Tout ça passera comme le reste, c'est tout ce que je peux vous dire.

Stella hoche la tête. Soudain elle pense à Jason, aussi nettement que s'il l'avait appelée. Que s'il était tombé du toit sur son chantier et qu'en tombant il l'avait appelée. Elle pense à son premier regard sur Jason – sévère et furieux, aussi bien de son côté à lui d'ailleurs que du sien. Sévère et furieux ; l'un a reculé devant l'autre, et elle se rend compte pour la première fois que les choses se sont passées comme ça.

Elle aimerait demander à Dermot s'il se souvient du premier regard qu'il a posé sur Julia. Un regard qui remonte à plus de soixante ans. Mais elle n'ose pas. Elle répète la dernière phrase de Dermot comme une question, et elle voit à son expression quand il se détourne que cela non plus n'a rien d'une vérité. Il n'y a rien que l'on puisse savoir de manière définitive. Rien qui soit pour toujours.

Le soir elle est assise avec Ava à la table de la cuisine, elles mangent ensemble, du pain blanc et des tomates vertes, Ava émiette son pain entre son pouce et son index avec application et jusqu'au bout, boit son jus à grandes gorgées assoiffées, au jardin d'enfants elle a peint un chat avec de longues moustaches et de grands yeux, le chat est maintenant accroché au mur au-dessus du coffre. Stella voit dans l'encadrement de la fenêtre le pré à l'abandon, les nuages d'orage qui le surplombent. Il n'est pas encore tard, pourtant il fait presque nuit, Ava a eu le droit d'allumer la bougie sur la table.

Elle dit, il a l'air bête ce chat.

Elle dit, quand on s'assoit en rond le matin, je voudrais toujours être à côté de Stevie. Toujours. Je voudrais plus jamais me mettre ailleurs quand on est assis en rond le matin. Tu sais ce qu'il veut être plus tard, Stevie ?

Non.

Pompier. Ava se penche par-dessus la table et parle tout bas. Il veut être pompier ou espion.

Aha, dit Stella. Quelque chose chez Stevie lui paraît bizarre, et Ava le sent, elle plisse le front d'un air fâché et change de sujet. Je voudrais prendre un bain. Et je ne sais pas du tout de quoi je pourrais avoir envie pour mon anniversaire. De quoi je pourrais avoir envie ? Je voudrais une fête dans le jardin. Aller au cirque. Tu trouves qu'il a l'air bête, ce chat ? J'aime quand on est assises dans le noir. Oh, j'aime quand il va se mettre à pleuvoir.

Ava se tourne vers la fenêtre.

Stella dit, je trouve que ce chat a l'air très malin. On dirait un magicien.

On sonne à la porte. Un coup de sonnette long et ferme, sans équivoque.

Ava dit, c'est papa. Est-ce que c'est papa.

Elle dit ça sans se retourner, et pendant un moment irréel Stella pense qu'Ava savait qu'on allait sonner. Qu'elle s'est tournée vers la fenêtre pour que Stella ne puisse pas voir son visage.

Stella dit, non, ce n'est pas papa. Papa a une clé. Il ne sonne jamais.

Ava se fige et tend l'oreille. Puis elle se retourne tout de même vers Stella, elle pose ses mains sur la table, regarde Stella d'un air circonspect, elle ne bouge pas.

Pourquoi tu n'ouvres pas.

Parce que nous ne voulons pas de visite. Nous ne voulons pas de visite, tu es d'accord. Il est tard, on est en train de dîner, tu dois bientôt aller te coucher, tu voudrais encore prendre un bain, il faut qu'on prépare ton petit sac parce que demain matin on part voir papa, nous n'avons pas besoin d'une visite maintenant.

Mais qui est-ce qui sonne, dit Ava. Qui est-ce qui peut bien sonner, elle a l'air si attentive, si sage, ses yeux sont brillants, ronds, étranges.

Quelqu'un, dit Stella, véhémente. Quelqu'un, quelqu'un qu'on ne connaît pas et dont on ne veut pas faire la connaissance. Je n'aimerais pas que tu ouvres la porte sans moi, jamais, ni la porte d'entrée ni le portail du jardin, tu as entendu ce que je te dis ? Tu m'as bien comprise ?

Mais pourquoi on ne veut pas faire la connaissance de quelqu'un, dit Ava. Elle élude tout simplement la question de Stella. Pourquoi pas ? Peut-être c'est mieux que tu le laisses entrer, comme ça on fera sa connaissance.

Ava, dit Stella.

Elle essaie d'imaginer la scène. Simplement l'imaginer. Mister Pfister dans la cuisine. Dans cette cuisine à côté d'Ava à table. C'est impossible, évidemment.

Elle dit, il n'en est pas question. Il n'en est pas question, tu dois l'admettre même si tu ne comprends pas. Il faut juste qu'on patiente. Voir ce qui va se passer.

Je comprends ça, dit Ava. Je comprends ça très très bien. Et ce chat il a quand même l'air bête, j'ai peint un chat horrible, je le sais, et toi aussi tu le sais.

Mister Pfister ne sonne pas une seconde fois.

On sonne à deux heures du matin, et Stella est aussitôt réveillée. Elle se lève, traverse la chambre et va dans la petite pièce, elle est réveillée parce qu'elle attendait.

La rue est obscure. L'orage s'est éloigné, les réverbères dehors sont déjà éteints. Mais Stella distingue tout de même Mister Pfister. Cette fois il part dans l'autre direction, vers chez lui, et elle entend ses pas mesurés et flegmatiques dans le silence de la nuit. Longtemps encore, elle croit presque entendre le portail du jardin de Mister Pfister qui se referme derrière lui. D'où peut-il venir à pareille heure.

Chapitre 11

Dans la semaine qui suit le retour de Stella et Ava après leur visite au chantier de Jason, il fait une chaleur estivale. Vingt-huit, trente, trente-deux degrés. Le réveil de Stella sonne à cinq heures et demie. Elle l'éteint et reste couchée, elle est allongée sur le dos, réveillée, dans son lit vide sans Jason, et elle sent la fraîcheur du matin comme un contact sur sa peau, précisément parce qu'elle est de courte durée. À six heures, l'herbe du jardin est détrempée et froide. Une grive est perchée dans la haie. La lumière matinale baigne le bac à sable d'Ava d'ombres profondes qu'on pourrait saisir à pleines mains, à la lisière du pré les premiers coquelicots s'ouvrent. Le bruit des voitures qui passent lentement devant la maison, des gens déjà en route dans le jour encore incertain.

Ava dort avec un drap, au matin elle s'est découverte, elle est couchée bras écartés dans une posture d'abandon, les cheveux mouillés de sueur. La chaleur entre dans la maison comme une invitée. Stella prend le petit déjeuner avec Ava dans le jardin. Elle boit son thé et regarde Ava qui mange avec concentration son porridge aux fruits rouges, balance ses jambes, presse ses pieds dans l'herbe. Il faut que je mette juste une robe, dit Ava, impressionnée. Juste une robe et puis c'est tout, rien d'autre. Au jardin d'enfants, Stevie accourt à la rencontre d'Ava, sur son visage une expression de joie inquiète, du moins Stella le perçoit-elle ainsi. Il est maigre, porte malgré la chaleur une casquette en renard sur la tête et n'adresse pas un seul regard à Stella. Elle retient Ava et dit, à tout à l'heure, Ava, à plus tard, mais Ava se dérobe, elle lui tourne déjà le dos.

Et où étiez-vous, dit Esther. Où êtes-vous passée pendant tout le week-end, vous n'êtes pas une lumière, mais les autres soignantes de votre abominable service sont encore plus bêtes, vraiment, elles sont toutes atrocement bêtes.

Stella ne répond pas, quand Esther est dans cet état d'esprit elle évite de parler avec elle. Elle ouvre la fenêtre puis la referme, baisse les stores en papier de Chine, change les draps, renouvelle les fleurs des vases, elle lave des fraises, les coupe en morceaux et les sucre, je ne mangerai pas ça, dit Esther, je ne mange plus rien, je ne mange rien de tout ça. Esther est assise sur sa chaise en rotin, une reine fripée en sous-vêtements couleur sable, elle ressemble à une vieille enfant têtue, ses cheveux sont dressés sur sa tête, son visage luit. Stella la soulève pour la mettre dans le fauteuil roulant, elles restent un moment étroitement enlacées toutes les deux au milieu de la pièce, Esther dans les bras de Stella, une invitation à la danse. Stella sent le souffle d'Esther sur sa clavicule, elle sent la délicatesse d'Esther. Elle pousse Esther en fauteuil dans la salle de bains, la hisse sur le rebord de la baignoire, met les pieds d'Esther dans la baignoire et ouvre le robinet d'eau froide, elle lave Esther, puis elle reste assise sur la cuvette des toilettes et regarde Esther qui, les yeux fermés, fait couler l'eau au creux de ses poignets, sur ses avant-bras, ses genoux. Comme si elle était au bord d'une source.

Alors, dit Esther. Vous étiez où. C'était comment. On voit bien que vous avez un problème. Racontez-moi.

Stella ne peut s'empêcher de rire. Elle croit qu'Esther a triché toute sa vie durant en simulant cet intérêt pour les autres, qu'au fond Esther ne veut rien savoir, ni de Stella ni de quiconque. Elle s'intéresse, mais pas au particulier, plutôt au général et au global. À la politique mondiale. À l'issue des guerres. À la guerre en soi.

J'étais partie à la campagne, dit Stella. Avec mon mari et mon enfant. On est allés se baigner. Maintenant c'est bon, je vous donne encore cinq minutes et puis nous devrons retourner dans la chambre. Vous allez manger les fraises, je vous y obligerai.

Bon sang, allez vous faire voir, dit Esther mollement. Votre mari et votre enfant. Moi aussi j'ai eu un mari et plusieurs enfants, et ils sont tous partis, ils ont fichu le camp. La vie est horrible, vous avez déjà compris ça ?

Elle repousse les mains de Stella. Se lave elle-même le visage et la nuque, reste assise sur le rebord de la baignoire, nue, un archétype.

Pendant la pause de midi, Stella va à vélo jusqu'au bureau de Paloma. Paloma a réglé au maximum le ventilateur posé sur l'appui de la fenêtre, un courant d'air vif et artificiel souffle à travers la pièce. Ce qui n'empêche pas Paloma d'utiliser en plus un éventail, elle est pieds nus, sa peau dorée brille. Elle désigne la chaise devant son bureau, Stella s'assied, docile. Paloma regarde Stella d'un air interrogateur, puis elle referme son éventail et dit, donc Jason n'est pas là, comme s'il y avait un lien entre la présence de Stella et l'absence de Jason.

Non, Jason est reparti, dit Stella.

Pour combien de temps cette fois, dit Paloma, elle n'attend pas la réponse. Elle dit, allons dehors nous tremper les pieds dans la fontaine. Allons regarder les moineaux.

Elle ferme le bureau à clé et Stella la suit à travers le foyer suffocant et dehors dans le parc. Clarté éblouissante. Paloma est restée pieds nus, et Stella ôte ses chaussures près de la fontaine et s'assied à côté de Paloma sur la margelle, met les pieds dans l'eau, les mains en appui sur la pierre brûlante. Pas de vent. Les arbres de l'allée sont immobiles. Stella croit entendre les voix des enfants dans le jardin d'enfants au bout du parc. Elle redoute de voir passer Ava, main dans la main avec Stevie, parmi les enfants en rangs par deux pour la promenade, elle pense une fois de plus que dans sa vie tout est trop lié, trop proche. Le travail, la maison, le jardin d'enfants. Elle aurait envie de distances, de chemins à parcourir, il n'y a que Jason, pense Stella, qui est toujours loin, trop loin pour que je puisse l'atteindre.

Les moineaux se baignent dans la fontaine en ménageant un intervalle de sécurité. Paloma remonte sa robe, maintient ses poignets dans l'eau, Stella voit briller de minuscules particules d'or dans le creux de ses coudes. Elle pense à Esther sur le rebord de sa baignoire, à la peau sèche d'Esther, à son regard rusé. Esther aurait eu un commentaire à faire sur les particules d'or.

Cette année je fais un voyage, dit Paloma. Je reste une semaine dans ma maison de vacances, et puis je la ferme, je vais rendre visite à ma mère et ensuite je continue en voiture, toujours tout droit, jusqu'à ce que j'arrive quelque part. Peu importe où. Voilà mon projet.

Elles mettent toutes les deux leurs mains en visière pour se protéger de la lumière et regardent le chemin du parc, en bas, comme si quelque chose venait dans leur direction. Le feuillage est dense à présent, et les paons poussent leurs cris dans le secret des taillis. Stella imagine la mère de Paloma, une vieille femme sur un balcon dans un lotissement où les enfants étaient nombreux il y a cinquante ans et où les cordes à linge, tendues bien comme il faut entre des poteaux de bois, sont aujourd'hui vides. Peut-être la mère de Paloma vit-elle ainsi. Peut-être vit-elle tout à fait autrement.

Tu dors où quand tu rends visite à ta mère ?

Je dors sur le canapé, dit Paloma. Je dors sur le canapé et ce qui me réveille la nuit, c'est le poste de télévision qui craque. Tu connais ce bruit ? Horripilant. C'est horripilant.

Elle secoue la tête et se lève, descend de la fontaine, les empreintes de ses pieds s'évaporent à vue d'œil sur les pierres.

Il faut que j'y retourne. Le téléphone sonne, même ici dehors je l'entends, c'est probablement une illusion. Mais par cette chaleur les vieux pètent les plombs et tombent comme des mouches. Comme des mouches. Viens on rentre. Reste encore un peu avec moi, jusqu'à ce que tu doives aller chez Julia.

Peut-être Paloma a-t-elle envie que Stella parle. Mais Stella ne sait pas ce qu'elle pourrait dire. Comment elle pourrait expliquer sa passivité, son attente. Qu'est-ce qu'elle attend ?

Les bâches devant les fenêtres de Julia et Dermot semblent maintenir la chaleur à l'extérieur, et l'atmosphère est diffuse dans toutes les pièces. Stella lave Julia, l'habille et l'emmène dans la cuisine. Dermot sort faire des courses, à la bibliothèque, se promener, Stella ne sait pas ce qu'il fait quand il quitte la maison, se libère pour une heure de sa solitude à deux avec Julia. Quand il revient, il a aussi rapporté des fraises. Julia est assise sur le banc de la cuisine, adossée au mur, la tête inclinée sur le côté, le visage tourné vers la lumière bleue derrière la fenêtre. Sur ses genoux est posée une cuiller argentée, Julia enfonce sans cesse le pouce dans le creux comme pour vérifier. Dermot l'observe. Puis il dit, j'ai rapporté des fraises, elle n'a évidemment rien à répondre. Stella lave les fraises, Dermot lui tend une assiette, pose l'assiette de fraises sur la table, exactement au centre.

Asseyez-vous encore un instant.

Stella s'assied près de Julia. Elle espère que Dermot va lui poser une question, et il le fait aimablement. Il se racle la gorge. Puis il dit, vous en êtes où avec votre *coup de foudre*, vous avez avancé ?

Non, dit Stella, elle sourit malgré elle, comme si elle mentait. Non, je n'ai pas avancé. Ce week-end nous étions au bord d'un lac, sur le chantier de Jason. Dans la maison qu'il est en train de construire.

Dermot la regarde, il attend la suite. Stella hausse les épaules. Que raconter ? La maison est sur la rive, une ossature en bois indique l'emplacement des cloisons, les fenêtres ne sont pas encore posées, une maison abstraite, la représentation d'un lointain avenir. Le contraire de la maison de Dermot et Julia, et le contraire aussi de la maison de Stella et Jason. Vue sur l'eau, sur la forêt.

Elle dit, c'était le premier week-end de chaleur cette année, non. On a dormi dans des sacs de couchage sur le toit. Mangé des donuts, bu du thé dans une thermos, tout était très provisoire. Ava a bien aimé. Ava s'est baignée dans l'eau glacée du lac.

Des geais dans les hautes cimes des sapins. Un avertissement contre quoi. Ava et Jason avaient disparu dans la forêt, Stella était assise sur un seau de peinture retourné au milieu d'une pièce vaste comme une salle de bal et elle avait songé que sa vie n'était faite que de provisoire et de pertes successives. Elle y avait songé avec amertume. Mais Jason plus tard en avait ri. Il avait dit, les changements reviendront bien assez tôt, Stella. Attends un peu. C'est quoi le provisoire ? La question était d'Ava et Stella avait dit, papa et moi parlons de deux choses différentes. Les mains d'Ava pressées l'une contre l'autre, en coupe, et dans la coupe un scarabée, un cerf-volant vert et chatoyant. Au moment de se séparer, Stella avait pleuré. Stella, pas Ava.

Elle dit, nous avons passé un moment paisible. J'avais de la distance. Je verrai bien ensuite.

Julia ne se tourne pas vers Stella. Elle regarde vers la fenêtre, comme si elle était assise seule dans la cuisine, la cuiller sur ses genoux tourne comme l'aiguille d'une boussole. Stella ne s'en formalise pas. Mais tout de même, ce serait un cadeau si Julia disait quelque chose, comme ça tout à coup, une chose simple et absolument juste.

La nuit à la belle étoile c'était bien, dit Stella. La nuit à la belle étoile, c'est ce qu'il y a eu de mieux.

Dans le jardin, le soir à la maison, Stella sort l'arroseur de la remise et le met en marche. Ava ferme à demi les yeux, tremblante dans l'attente du moment où le jet d'eau va basculer et l'atteindre, elle reste sous l'arroseur, les bras serrés le long du corps, les poings fermés. Stella replie le parasol, met la table. Deux assiettes, deux verres. Trop peu. Des bruits de voix viennent des autres jardins, des claquements de portes moustiquaires, des tintements de glaçons. Le téléphone sonne et Ava se rue dans la maison, trempée. C'est Jason.

Tout va bien ? Vous allez bien ?

Il fait très chaud, dit Stella. Tu n'es pas là. On va bien.

Et Mister Pfister dépose désormais chaque jour quelque chose dans la boîte aux lettres.

Une lettre dans une enveloppe rouge, un papier épais, solide, comme une invitation à un anniversaire d'enfant, jetée dans la boîte à trois heures du matin.

Une lettre dans une enveloppe jaune avec juste le nom de Stella.

Une horrible feuille de papier écolier, couverte de caractères minuscules du premier au dernier carreau, des pattes de mouche reliées par des tourbillons et des ronds griffonnés au crayon à bille.

Le mardi matin, il met un bout de papier dans la boîte aux lettres, où est écrit le mot *mercredi*.

Il met un dictaphone dans la boîte aux lettres. Une clé USB. Un CD gravé par lui dans un étui fermé par du ruban adhésif. Un petit sachet transparent contenant des choses indéfinissables – des noyaux ?

Il met un morceau de carton dans la boîte aux lettres, sur le morceau de carton est peint un signe qui perturbe Stella parce qu'il ressemble au signe que quelqu'un avait gravé dix ans plus tôt sur le seuil de l'appartement de

Stella et Clara en ville ; trois cercles imbriqués les uns dans les autres, symbole d'une alliance éternelle, que signifie ce signe pour Mister Pfister ?

Mister Pfister met une pelote de ficelle dans la boîte aux lettres. Une allumette brûlée, un briquet et une sucette sale au bout d'un bâton rongé.

Pendant toute une journée, il ne met rien dans la boîte aux lettres et ce rien est lourd de sous-entendus, un hiatus palpitant.

Il met une feuille de papier à musique dans la boîte aux lettres, avec des gribouillis entre les portées et la clé recouverte d'une épaisse couche de peinture.

Je n'écoute plus de musique depuis longtemps, dit Stella. Plus depuis longtemps, de toute façon.

Elle attend une lettre de Clara. Le point de vue de Clara sur le gouffre de Mister Pfister, la spirale avec le nom de plante, son énergie protectrice. Mais Clara a l'air de penser que Stella est capable de se débrouiller toute seule.

Le vendredi, il y a une photo dans la boîte aux lettres. Stella essaie de ne pas regarder la photo, et elle échoue. En route vers la remise, vers le carton à chaussures, elle s'arrête, la photo à la main, dans la lumière éblouissante du soleil, elle se penche dessus, l'étudie, c'est plus fort qu'elle.

Est-ce Mister Pfister ?

Sans aucun doute, c'est lui.

Mister Pfister à côté de sa mère ou à côté de sa grand-mère, Mister Pfister à côté d'une femme assez âgée en tout cas, dans un séjour, le séjour est sombre, un canapé, une table basse, et la moitié d'un sapin de

Noël misérable avec des guirlandes argentées accrochées aux branches. L'expression du visage de Mister Pfister est indicible. La femme assise à côté de lui a les yeux écarquillés et semble paralysée, comme sous l'effet d'une énorme menace, l'atmosphère de la pièce est carrément oppressante. Cette pièce n'est pas une pièce de la maison de Mister Pfister, Stella en est certaine, la fenêtre derrière le canapé n'est pas une fenêtre qui appartient aux maisons du lotissement. Il est possible que ce soit une fenêtre dans un immeuble, peut-être une fenêtre dans une tour. La photo est floue, bougée, mauvaise. C'est déprimant au point que Stella en a la nausée, une nausée entre peur et colère. Que vient faire cette photo dans sa boîte aux lettres et dans sa main. Pourquoi faut-il que sa pensée s'attarde sur une telle photo, sur les frayeurs intimes d'un inconnu ? Stella est debout devant la remise la photo à la main, elle se retourne et regarde par-delà le jardin la rue déserte. Midi. Pas une ombre, pas un chant d'oiseau, pas un être humain. Elle a envie de déchirer la photo en petits morceaux mais il faut qu'elle la montre à Jason, il faut qu'elle la transmette à quelqu'un, qu'elle la donne, absolument, elle éprouve le besoin impératif de se laver les mains. La remise est sombre, étouffante. Le carton à chaussures sous l'établi pèse son poids.

Le soir, Stella reste assise près du lit d'Ava jusqu'à ce qu'Ava soit endormie. La respiration d'Ava passe du gémissement, du vague murmure interrogateur à un rythme lent que Stella écoute longuement. Respirer comme s'il n'y avait rien à craindre dans ce monde. La main d'Ava cramponnée à celle de Stella devient molle, puis lâche prise, elle se tourne sur le côté et écarte les jambes. Stella ferme la fenêtre et allume la lampe globe, quitte la chambre sur la pointe des pieds. Dans la cuisine la radio bourdonne, le robinet goutte, les restes du dîner sont encore sur la table. Stella demeure un moment adossée bras croisés à la porte du séjour déjà envahi par le crépuscule, puis elle va dans la cuisine, retourne dans le séjour, dans le vestibule et pour finir entre dans la pièce de Jason, elle s'assied au bureau de Jason et allume l'ordinateur. Assise là, elle regarde l'écran s'éclairer, puis elle tape un mot dans la barre de recherche, une lettre après l'autre, *stalking*.

to stalk : traquer, chasser, marcher d'un pas raide, plastronner
forme obsessionnelle et anormalement prolongée de menace par harcèlement, exercée à l'encontre d'un individu ciblé
éventail de comportements par lesquels une personne en contraint une autre à une communication et à un rapprochement répétés et non désirés, le comportement se réitère fréquemment, il est perçu comme non désiré, comme intrusif et peut générer la peur et l'angoisse
pour être catégorisé comme victime de stalking, il faut pouvoir faire état d'au moins deux modes de comportements différents portant atteinte à la sphère privée, ceux-ci se poursuivant pendant au moins huit semaines consécutives et générant la peur

C'est presque comique. Que peut-elle tirer de phrases de ce genre. Érotomanie, effet miroir, harcèlement moral. Personne. Personne qui plastronne. Limites. Perception des limites, intrusion. Stella a le bout des doigts engourdi. Elle a envie de boire une bière glacée. De fumer une cigarette. D'ouvrir un livre. D'aller se coucher.

Jason a-t-il lu la même chose qu'elle ?

J'ai lu un truc là-dessus, Stella entend encore la voix de Jason. Elle éteint l'ordinateur, s'adosse à la chaise et reste assise là, dans l'atmosphère de Jason devenue tout à coup inquiétante ; son courrier, ses lunettes, ses crayons, crayons à mine 6B, taillés au cutter et munis d'un capuchon de protection argenté. Des photos sur le mur au-dessus du bureau, Stella le matin, une vieille Lada Niva, Ava couchée sur le ventre avec sa petite tête levée, une goutte de salive sur le menton, et une photo d'une cité de banlieue au bord d'une rivière, le seul voyage que Stella et Jason ont fait ensemble, un voyage avant la naissance d'Ava. Que signifie ce choix de photos. Et que signifie le fait que ce ne soit pas du tout Jason qui les regarde, mais Stella. Que signifie l'absence de Jason.

Stella incline la tête sur le côté et regarde longuement la photo de la cité de banlieue. D'innombrables rangées de balcons superposées, l'herbe boueuse au bord de la rivière, l'eau qui brille, Jason avait dit, c'est ici que j'aimerais vivre avec toi. C'était un jour de pluie, ils avaient marché main dans la main, Stella était enceinte et ne le savait pas. Ils n'ont pas emménagé dans le lotissement au bord de la rivière. Ils ont emménagé dans un autre lotissement, celui-ci, et à un moment ou un autre ils iront ailleurs. Mister Pfister, lui, reste ici. Il restera ici, il n'ira pas ailleurs, et voilà.

Stella compte les jours dans sa tête. Vingt-cinq – sur huit semaines, ça ne fait même pas encore la moitié. Elle se lève du bureau. Puis elle sort de la pièce.

Chapitre 12

Jason revient en même temps que le froid. Pluie continue et vent en rafales, il est dans le vestibule, trempé rien que d'être sorti de la voiture et d'avoir traversé le jardin, il pousse son sac du pied, son sac à dos, à l'intérieur de la maison.

Te voilà, dit Ava.

Elle reste assise à la table de la cuisine et continue sa peinture, une maison dans la forêt, avec des papillons géants qui volettent tout autour, elle peint une immense antenne de papillon, et Jason l'attrape et la soulève à bout de bras. Il dit, tu es comme les chats, tu fais juste semblant, comme si tu n'étais pas contente, et Stella voit le menton d'Ava trembler de joie.

Jason a rapporté une perche qu'il a pêchée lui-même. Il a rapporté un sceptre en bois de bouleau sculpté pour Ava et un galet du lac pour Stella. Il est bronzé et il a l'air d'un homme des bois, pas rasé, qu'est-ce que tu piques, dit Ava, et Stella a envie de passer un moment égoïste toute seule avec Jason.

Vous êtes devenues grandes, dit Jason. Vous avez grandi comme des dingues, toutes les deux.

Comme des dingues.

Ava se place dans l'encadrement de la porte de la cuisine, et Jason trace un nouveau trait de crayon au-dessus de sa petite tête, un mètre zéro trois, depuis le dernier trait, qui date de l'hiver, du mois de janvier depuis longtemps révolu, Ava a grandi de deux centimètres. Elle reste dans l'encadrement de la porte et considère le trait, fière et dubitative.

Combien de temps tu vas rester. Quand est-ce que tu dois repartir, elle se détourne avant que Jason ait pu répondre.

Le soir ils mangent le poisson. La lumière du jour décline, la pluie tombe devant la fenêtre de la cuisine comme un écran. Le tonneau au coin de la maison se remplit et déborde, la pluie tambourine sur le cadre métallique de la fenêtre, contre la vitre. Jason prend un bain. Ava s'assied près de lui. Stella essuie la vaisselle et écoute leurs voix, les histoires de Jason où il est question de perches, de bateaux qui sombrent, de voyages et d'été, les questions d'Ava.

Quand tu étais pas là, il faisait très chaud ici. Très très chaud. Au jardin d'enfants on jouait tout le temps à l'ombre, personne ne voulait aller au soleil.

Il faut que tu fasses comme les poules, quand il fait chaud comme ça.

Elles font comment les poules ?

Une poule s'aplatit complètement sur le sol. Elle se fait aussi plate qu'elle peut, avec les ailes écartées. Elle se couche dans la poussière les ailes écartées.

Ava reste silencieuse. Puis elle dit, on n'a pas le droit. Au jardin d'enfants. On n'a pas le droit de se coucher dans la poussière, ça c'est sûr, et Stella entend le rire absent de Jason. Elle fixe la photo d'Ava sous les aimants du réfrigérateur. Elle vide le sac de Jason, pose le livre qu'il prétend lire sur la dernière marche en bas de l'escalier – il le montera plus tard, le livre sur la table de nuit sera un signe de sa présence –, et la joie qu'elle en éprouve lui paraît énigmatique et pénible. Elle ouvre la porte d'entrée et regarde un moment au-dehors la pluie qui n'est plus qu'un murmure à présent. La voiture de Jason est dans l'allée, c'est un signe de sa présence vis-à-vis de l'extérieur, tout est beaucoup trop simple. Mister Pfister ne viendra pas sonner cette nuit. Tant que cette voiture est devant la maison, il s'occupera à autre chose, et les objets qu'il destine à Stella, il les collectera et les rassemblera. Il les mettra de côté pour elle.

Le troisième soir elle va chercher le carton dans la remise. Le jardin, vaincu par la pluie, est une jungle féconde et luxuriante. Chèvrefeuille, genêts en fleur ; le sentiment de vouloir faire autre chose et de ne pas savoir quoi, et donc d'aller plutôt sortir ce carton de l'obscurité crasseuse sous l'établi, est comme un symptôme. Stella porte le carton à travers la pelouse jusque dans la maison. Elle veut le poser sur la table de la cuisine et puis se ravise, elle le met par terre, devant les pieds de Jason, elle laisse à Jason le soin de soulever le couvercle.

Elle dit, attention.

Jason dit, bon dieu.

Il est assis, penché sur le carton. Soulève les objets et les laisse retomber. Le briquet, la pelote de ficelle. Il ouvre l'enveloppe rouge que Stella n'a pas ouverte, en sort une feuille de papier entièrement écrite, s'adosse à sa chaise et lit.

Il y a quoi dedans, dit Stella.

Tu ne peux pas patienter une seconde, dit Jason. Il dit, s'il te plaît.

Puis il dit, rien de grave. Il n'y a rien de grave là-dedans. C'est plutôt… un truc de malade, incompréhensible, c'est de la connerie en fait, Jason dit ça comme si le monde entier avait la connerie pour ciment, comme si la connerie était un principe fondamental.

Il dit, tu peux lire ça tranquillement.

Il tend la feuille à Stella, la lui met presque sous le nez, Stella le repousse.

Je ne veux pas lire ça.

Elle regarde Jason et se demande soudain s'il ne serait pas possible tout de même de comprendre Mister Pfister. Impossible peut-être pour Jason, mais possible pour elle ? Elle comprend Dermot, elle comprend le silence définitif de Julia, elle comprend l'irritabilité d'Esther et l'élocution indistincte de Walter, elle comprend tout de même pas mal de choses, peut-être devrait-elle tout simplement s'autoriser à pénétrer dans l'univers mental de Mister Pfister ? Dans les insinuations, dans le chœur vibrant des voix qui semblent sortir de ce carton. Ne serait-ce que pour des raisons stratégiques. Pour savoir ce que Mister Pfister a dans la tête, comment il fonctionne.

Mais elle dit, je ne veux rien lire de tout ça. Rien du tout. Je veux juste savoir qu'il n'y a rien sur Ava là-dedans. Rien qui annoncerait je ne sais quoi, tu comprends ? Une menace, une agression, quelque chose qui aille plus loin que ces trucs-là.

Ces trucs-là. Un geste de la main balayant le carton.

Il n'y a rien sur Ava là-dedans, dit Jason. Il lit, pendant qu'il dit ça, il lit la feuille couverte de pattes de mouche, il secoue la tête en lisant, il dit, c'est répugnant, il y a quelque chose de répugnant là-dedans. C'est sans doute une bonne chose que tu ne veuilles pas le lire. Il n'y a rien sur Ava là-dedans, ni rien sur toi. Rien sur toi à proprement parler.

Ce serait quoi, une phrase sur moi, pense Stella. Une phrase sur moi qui soit valable pour toi, et l'impossibilité de trouver une réponse à cette question est évidente et radicale. Elle pense, pour Jason en fait je suis un être chimérique. Un être chimérique. Il n'y a rien qu'il puisse vraiment dire sur moi, aucune description susceptible de s'appliquer à moi.

Stella se lève. Jason a maintenant la photo dans la main et l'examine avec une expression pensive. Il dit, c'est pas vrai. Ça suffit comme ça, non.

Il brandit la photo, il la montre à Stella comme s'il supposait qu'elle ne l'a pas encore vue. Il regarde Stella, il voit qu'elle est pâle, mais elle semble ne pas être assez pâle encore pour qu'il la touche, qu'il la prenne dans ses bras.

Il dit, je vais y passer. Demain. Demain, je vais là-bas.

Il dit, tu y as déjà été, ou quoi. Tu es passée devant chez lui, ou quoi.

Non, dit Stella. Bien sûr que non, je ne suis pas passée devant chez lui.

Autant qu'elle s'en souvienne, c'est la première fois qu'elle ment à Jason.

Chapitre 13

Jason emmène Ava au jardin d'enfants avec le vélo de Stella. Il revient, passe une heure assis à son bureau, feuillette son courrier et téléphone, la porte fermée. Il installe la chaise de jardin à la limite du pré et s'assied dos à la maison.

Il se passe la main sur la tête en partant de la nuque, un geste que Stella aime sans le lui avoir jamais dit. Elle suppose que si elle le lui disait, il ne referait plus jamais ce geste.

Elle est à son bureau en haut dans sa pièce et elle écrit une lettre à Clara – *le jardin entier a une odeur de serre, et le soir les lièvres se risquent hors du champ, Jason est de retour, je vis comme une épouse de guerre, ne sais-tu pas comment je me sens ? Comment vis-tu, et quel écart entre cette vie et celle que nous imaginions il y a dix ans, et puis d'ailleurs quelle importance* –, elle entend Jason en bas dans la cuisine, la porte du réfrigérateur s'ouvre et se referme, il pousse les chaises contre la table et remplit le lave-vaisselle que Stella n'utilise jamais, il le met en marche, puis il balaie la véranda. Il sort les paniers à bouteilles d'eau et les pose à côté de la voiture, retourne dans le vestibule, verrouille la porte d'entrée derrière lui, reste dans le vestibule sans rien faire, peut-être qu'il regarde le jardin à travers le fenestron. Il retourne dans la cuisine en traversant le salon et paraît faire une pause près du fauteuil de Stella, près des livres autour du fauteuil, s'il était attentif il verrait que Stella ne s'est plus assise dans ce fauteuil depuis deux semaines, qu'elle n'a plus vraiment lu depuis deux semaines, la pile de livres est complètement délaissée, mais Jason est-il vraiment attentif et quel livre Stella essaie-t-elle de lire malgré tout en ce moment, *j'essaie de lire un livre dans lequel il y a des phrases comme celle-ci : un amoureux se balade dans le monde comme un anarchiste avec sa bombe à retardement.* Dans la cuisine il n'y a plus rien à faire. Jason s'éclaircit la voix, on dirait presque un avertissement. Puis il finit par monter l'escalier, s'arrête devant la porte de Stella et dit, je te dérange.

Non, dit Stella.

Elle pose le crayon sur le papier, se retourne vers lui.

Jason est assis sur le lit d'appoint, le dos contre le mur, les jambes croisées, un visiteur exceptionnel. Stella reste à son bureau, elle trouve soudain étrange de voir Jason dans sa pièce, entouré des objets qui sont les siens : sur ce lit sur lequel il y a dix ans, dans l'appartement partagé avec Clara, elle sombrait midi après midi dans un sommeil sans vergogne, sous la tablette fixée au mur où est perché un cardinal en porcelaine, à côté d'une boule à neige, d'un Bouddha doré et d'une collection de pierres de la mer Noire ; la bibliothèque de Stella, le bureau de Stella, ses crayons et ses bougies, les bâtonnets d'encens que Jason doit trouver ridicules, les colliers de perles autour du pied de la chaise, la plume d'oiseau au mur et depuis deux semaines le foulard orange coincé dans le cadre de la fenêtre et noué autour de la poignée, un foulard orange avec des paons blancs. Stella suppose qu'un jour, à un moment ou à un autre, Jason a établi un contact avec tout ça, avec l'univers de Stella. Comme une campagne d'exploration, peut-être même que ça lui a été pénible. Et maintenant, assis sur le lit de Stella, penché en arrière, les bras croisés sur la poitrine et les yeux presque fermés, est-il arrivé au bout ? A-t-il envie de rester, ou bien a-t-il envie de continuer, ou de retourner en arrière, ou d'aller ailleurs. Stella voit le visage de Jason qui pour elle est beau et inaccessible. Elle a le sentiment qu'elle ne peut rien changer aux mouvements qu'il va faire, où qu'ils puissent mener, en avant ou en arrière, et curieusement c'est supportable.

Je vais y faire un tour, dit Jason.

Il se redresse, se frotte les yeux.

Il regarde Stella, ou plus exactement il regarde juste à côté d'elle, il dit, c'est bon ? Si je retournais faire un tour là-bas.

Oui, dit Stella. Elle sourit d'une manière qu'elle-même ne reconnaît pas. Elle a envie de dire, je suis désolée, mais elle a le sentiment que cette phrase ne donnerait pas toute la mesure de ce qui la désole, d'ailleurs elle ne sait pas exactement ce qui la désole. Est-ce un comble pour Jason de faire un tour là-bas ? De s'occuper de Mister Pfister, parce que c'est elle qui doit s'en occuper ?

Mieux vaudrait qu'il reste ici. Qu'il reste avec elle.

À tout à l'heure, alors, dit Jason.

À tout à l'heure, dit Stella.

Elle attend dans le jardin. Sur la chaise où Jason était assis. Il commence à faire chaud, l'heure de midi est très calme. Dans un des autres jardins, une tondeuse à gazon démarre, un cri d'enfant au loin. De la pelouse jaillissent des papillons, le ciel est gris. Quelqu'un passe à vélo devant la maison. Stella bâille.

Au bout d'un moment, Jason revient. Il dit, il n'était pas là. Ou alors il n'a pas ouvert, c'est possible aussi, mais je crois qu'il n'était pas là. Quelle ruine, sa baraque.

Jason regarde autour de lui, regarde sa maison, comme s'il comparait. L'effet que produit de l'extérieur une fenêtre avec des coquillages brisés posés sur le rebord. Des bouteilles consignées devant la porte de la terrasse, le manteau d'Ava suspendu au manche de la bêche.

Stella ne dit rien.

Elle ne dit pas non plus, je savais qu'il ne serait pas là. C'était clair qu'il ne serait pas là.

Mister Pfister ne sera jamais là si Jason va y faire un tour. Jason n'est pas de son ressort, il ne sera jamais chez lui, n'ouvrira jamais la porte à Jason.

Mais quand elle va faire des courses le lendemain, elle le rencontre. En début de soirée, au centre commercial, à la caisse du supermarché. Elle est là avec son vélo, elle voudrait acheter du lait, des œufs, des pâtes alphabet, du beurre, elle a opté pour le panier plutôt que le chariot, elle longe les caisses en direction du tourniquet par lequel on entre dans le magasin, et voit Mister Pfister à la dernière caisse.

Difficile de s'imaginer qu'il va faire des courses. Qu'il a faim, qu'il veut s'acheter à manger. Qu'il dit s'il vous plaît et merci. Au revoir.

Stella le voit pour la première fois à l'extérieur. Dans la vie quotidienne, une queue à une caisse à côté du distributeur de cigarettes, sous l'écran où la météo du jour alterne avec une publicité pour des ateliers de peinture automobile, avec à l'arrière-plan le labyrinthe des linéaires, des pyramides de pastèques, des références de produits et par-dessus tout ça une musique infernale – il est là. Il a rassemblé dans un carton les articles qu'il veut acheter, il tient le carton contre sa poitrine, progresse dans la queue d'un pas mécanique, un client parmi les autres, Mister Pfister est bien réel.

Stella s'arrête, presque recueillie. Elle pense, avec surprise, je ne considérais pas comme possible qu'il existe. Mais il existe. Il existe bel et bien. Le voilà, il est là.

Elle le reconnaît à sa façon de se tenir, à son expression, elle est sûre d'elle et malgré tout surprise qu'il soit si jeune, si beau et si fatigué. Il porte un pull à capuche noir. Plus de veste, malgré le froid de ce début de soirée, de ce début d'été. Elle ne peut pas voir ce qu'il y a dans son carton, ce qu'il achète. Il fait encore un pas en avant et pose le carton sur le tapis roulant, puis lève les yeux, peut-être parce qu'il se sent observé. Son regard parcourt les gens, cherche. Rencontre le regard de Stella.

Mister Pfister la regarde.

Stella regarde Mister Pfister, elle pense, tu te rends compte, tout le chemin qu'on doit faire l'effort de parcourir pour aller jusqu'à l'autre, eh bien il est dans ce regard. Le chemin pour y aller, et aussi le chemin pour en revenir.

Colère, politesse, et quelque chose d'autre en plus.

Stella est prête à sourire. Elle a peine à retenir l'élan irrésistible, puéril qui la pousse à sourire. Elle est sur le point de saluer, la reconnaissance est si fulgurante que ça paraît de l'amabilité, on se connaît, bonjour. Mais il n'est pas nécessaire de saluer Mister Pfister, il sait qu'elle l'a reconnu, qu'elle le connaît. Et même pas un petit sourire. Soyons précis – il ne sourit absolument pas. Au lieu de cela il va attendre. Il va l'attendre dehors devant la porte, pour entamer ce qui depuis tout ce temps est l'objet de sa demande : une conversation.

Peut-être que ce sera facile, il se peut malgré tout que ce soit relativement facile. Stella pourrait dire, arrête ça, tu m'entends. Est-ce que tu comprends, arrête de venir sonner, et aussi tout ce courrier, c'est fini, ne passe plus devant chez nous, laisse tomber. Laisse tomber, voilà comment elle pourrait le dire.

Stella cesse de soutenir le regard de Mister Pfister. À moins que ce soit lui qui ait baissé les yeux le premier. Combien de temps se sont-ils regardés ? Sans aucune fenêtre, aucun portail de jardin, aucune clôture qui les sépare.

Stella franchit le tourniquet, entre dans le magasin, elle ne se retourne pas une seule fois. Elle achète du lait, des œufs, des pâtes alphabet, du beurre, ce qu'elle avait l'intention d'acheter, ni plus, ni moins, mais elle se dépêche plus que d'habitude, elle est fébrile. Elle fonce dans les allées, se sent complètement à cran, et quand elle contourne le dernier rayon devant la caisse, le rayon de sucre pétillant, du chocolat et des bonbons, devant lequel Ava voudrait toujours rester éternellement, Mister Pfister est déjà parti. Il a payé tout son fourbi, que Stella aurait bien aimé voir, et elle sait que Jason trouverait cette curiosité répugnante, et il est déjà dehors, il s'en est allé ; qu'est-ce que Stella veut savoir exactement et jusqu'à quel point est-elle autorisée à creuser cette question.

Elle pose ses articles sur le tapis roulant. Son cœur bat moins fort à présent ; tandis qu'elle compte la monnaie surgit le pressentiment d'une déception imminente.

Bonne soirée.

À vous aussi.

Le parking devant le supermarché est désert. Le visage de Stella est brûlant. Pas trace de Mister Pfister. Le besoin de Mister Pfister, son souhait ardent de parler avec Stella, a disparu. C'est vexant et en même temps c'est un soulagement. Mais pourquoi ? Pourquoi n'aurait-il plus envie de parler avec Stella, qu'est-ce qui a changé, qu'est-ce qui s'est perdu. Le long regard entre elle et lui devient d'abord louche, puis humiliant. Stella dispose ses achats dans le panier du vélo. Elle pense, peut-être que j'ai encore vieilli pendant ces semaines, ce qui a au moins le mérite de la faire un peu rire. Elle traverse le parking en poussant son vélo, prend la rue principale, le chemin forestier, passe devant les premières maisons du lotissement, marche sur le côté gauche du chemin, et quand sa maison apparaît, la haie de jasmin, la clôture, la voiture de Jason dans l'allée, la fenêtre du pignon ouverte, elle voit Mister Pfister devant le portail du jardin. Elle est encore à bonne distance de la maison, mais elle le voit nettement, il sonne, n'attend pas, se détourne et poursuit son chemin, continue dans la rue tranquillement, posément, rentre chez lui.

Stella, les mains cramponnées au guidon, s'arrête. Elle ne peut pas le croire. Mister Pfister a sonné à sa porte bien qu'il sache qu'elle n'est pas chez elle. Apparemment il sait aussi que Jason et Ava ne sont pas à la maison, Jason et Ava sont à la fête des enfants à la maison communale, Stella a fait un gâteau au citron pour l'occasion, et elle est restée devant la porte à agiter la main jusqu'à ce qu'ils soient hors de vue. Mister Pfister n'est pas capable d'attendre Stella devant le centre commercial, mais devant sa maison il faut qu'il s'arrête, elle peut interpréter ça comme un tic, une obligation, il est tout bonnement impossible pour Mister Pfister de passer devant chez elle sans sonner. Peu importe que Stella soit là ou non. Il s'en fout. Mais elle peut aussi interpréter ça de la manière suivante – Stella n'existe pas. La Stella que Mister Pfister a en tête n'existe pas, ou en tout cas elle n'a rien à voir avec Stella. Mister Pfister l'a reconnue, mais ce n'est pas du tout d'elle qu'il s'agit pour lui – de cette Stella qui après sa journée de travail va faire les courses en sandales, le visage fatigué et sans maquillage, fébrile et manifestement en manque, cette Stella ne l'intéresse pas. Mister Pfister s'intéresse à Stella dans sa maison fermée à clé. À son visage derrière la petite vitre à côté de la porte, à sa silhouette au loin sur la chaise à la limite du pré, tout au fond du jardin, à Stella en train d'attendre assise à son bureau dans sa pièce à l'étage. C'est de cette Stella qu'il s'agit pour Mister Pfister. Une Stella imaginaire. La sienne.

Stella comprend qu'elle ne peut rien faire là-contre. Elle ne peut pas ôter à Mister Pfister cette autre Stella.

Elle le voit de dos, sa silhouette juvénile, il a relevé la capuche noire sur sa tête, on dirait une armure. Elle avance lentement en poussant son vélo, jusqu'à ce qu'il ait dépassé toutes les maisons qu'elle connaît à présent, qu'il soit arrivé devant la sienne. Elle attend qu'il ait disparu dans le jardin, et elle sait qu'il sait qu'elle le voit.

Chapitre 14

Je voudrais te montrer quelque chose, dit Jason.

Il prend Stella par la main et sort de la maison avec elle, ils vont main dans la main jusqu'au portail du jardin, plus tard Stella ressentira ce main-dans-la-main comme une traîtrise. Jason ouvre le portail et sort dans la rue avec Stella. Au bout de la rue, une grosse nuée d'oiseaux se pose sur le trottoir, le vent souffle à la cime des arbres, les pins à la lisière de la forêt grincent. Stella éprouve un chagrin immense, accablant, la nostalgie d'une autre vie ou d'une vie qu'elle a eue autrefois, quelle vie exactement, elle ne s'en souvient pas.

La main de Jason est sèche et chaude. Elle est ce qu'il y a de plus rassurant chez Jason.

Il s'immobilise devant le portail du jardin, lâche la main de Stella et la regarde. Elle doit comprendre quelque chose, une chose que lui a déjà comprise depuis longtemps, il y a dans cette situation comme du *déjà-vu*[1]. Mais Stella ne comprend pas. Jason la prend par l'épaule, il la fait pivoter face à la maison et il attend, puis il désigne la boîte aux lettres, il la désigne du doigt. Sur la boîte aux lettres sous les noms de Stella et de Jason il y a un troisième nom, tracé avec soin et comme les leurs au

1. En français dans le texte.

crayon blanc sur la tôle de la boîte, mais dans une écriture différente, particulière, féminine.

Mister Pfister.

Faut pas toucher, dit Jason bien inutilement.

Il dit, tu sais depuis combien de temps c'est là, tu as une idée ? Tu y comprends quelque chose ?

Chapitre 15

Ava est accroupie dans le bac à sable et parle toute seule. Elle murmure, secoue sa petite tête d'un air sévère, émet des petits claquements de langue qu'elle doit tenir des dames du jardin d'enfants. Elle a étalé des objets sur la bordure en bois du bac à sable, elle les offre.

Un abricot.

Une petite voiture.

Un crayon, un coquillage, un shekel, une pièce de monnaie.

Ava déplace les objets sur la planche, les redispose, puis revient à l'arrangement initial.

Elle dit, tu peux acheter l'abricot, ou bien tu prends le coquillage. Tu peux te faire un collier avec le coquillage. Ça, c'est la voiture. La voiture de papa quand il était petit. Une très vieille voiture. Vieille.

Elle pose le seau retourné sur la planche et met la voiture sur le seau. Elle sort du bac à sable et va jusqu'à la lisière du pré, elle regarde posément et après avoir bien réfléchi elle cueille une achillée, un coquelicot et une tige de camomille, elle en fait un bouquet hirsute et le pose sur la planche à côté de l'abricot.

Elle dit pensivement, j'ai soif.

Elle dit, au jardin d'enfants aujourd'hui il y avait un monsieur que personne ne connaît. Personne ne le connaît. Il avait un pull noir avec une capuche, il m'a dit aussi qu'il fallait que je te salue, maman. Moi j'ai rien dit. On le connaît ? Tu l'as déjà vu, toi aussi ?

Chapitre 16

Quand Stella prend les clés d'Esther et Walter au tableau du bureau, Paloma, le téléphone contre l'oreille, lui fait signe d'attendre. De l'index elle désigne la place devant son bureau.

Stella prépare du café pendant que Paloma téléphone. Elle entend la voix impassible et sèche de Paloma. Si la famille ne veut pas s'en remettre au personnel soignant, nous serons contraints d'en rester là. Vous sous-estimez votre mère. Vous sous-estimez les capacités de votre mère, les capacités intellectuelles des vieilles personnes en général.

Paloma écoute ce qui se dit à l'autre bout du fil et esquisse un sourire venimeux. La bouilloire chante et s'éteint. Le parfum du café instantané est subtil et artificiel, pour Stella il évoque immanquablement les terrains de camping, les nuits sous la tente, les réveils au bord de la mer, il ne lui rappelle jamais et plus tard ne lui rappellera jamais non plus le bureau de Paloma. Les cartes postales au-dessus de la table de Paloma, le calme statique de ces années-là. Elle prend une tasse avec un tigre dessus et pour Paloma une tasse avec l'inscription *destroy something.* Elle attend, puis verse l'eau sur deux cuillerées de café, ajoute de la crème en poudre et mélange, elle pose la tasse de Paloma à côté du téléphone.

Paloma dit, réfléchissez-y. D'ici là, bonne chance, faites signe quand vous aurez pris votre décision, elle fait une horrible grimace, puis elle raccroche et se tourne vers Stella. Elle dit de but en blanc, ce matin il y avait un type ici. Il était devant le bureau quand je suis arrivée, il attendait probablement depuis un moment. Il a demandé pour du personnel. Une infirmière pour sa mère. Il a demandé après toi.

Et tu as dit quoi, dit Stella. Elle a la sensation qu'elle tombe, la tête la première, sur Paloma.

Eh bien, il a demandé ton numéro de téléphone, dit lentement Paloma. Pour prendre contact, il voulait avoir ton numéro de téléphone.

Paloma regarde longuement Stella. Puis elle dit, je ne le lui ai pas donné bien sûr. J'ai dit, ça passe par moi, ici de toute façon il ne va pas se mettre à choisir lui-même parmi le personnel.

Oui, dit Stella.

Paloma dit, Stella, j'ai des doutes. C'était un type assez étrange, et il n'avait pas l'air de quelqu'un qui se préoccupe de sa mère malade. Il semblait perturbé, pour dire les choses comme elles sont. Je lui ai dit que nous ne prenions plus de patients. Que nous n'avions pas de personnel disponible. Un homme jeune en pull à capuche noir, plutôt beau, mais l'air au bout du rouleau, tu sais de qui il pourrait s'agir ?

Non, dit Stella. Je ne sais pas. Pas la moindre idée.

Il faut qu'elle se débrouille pour sortir d'ici avant de fondre en larmes, il faut vraiment qu'elle se débrouille pour prendre la tangente, ficher le camp.

Elle dit, OK Paloma. Maintenant je dois y aller, Esther m'attend, je dois filer. Je reviens après, tu seras peut-être encore là.

Je serai encore là, dit Paloma. Bien sûr que je serai encore là. Pourquoi tu te fais du café si tu dois partir tout de suite. Pourquoi est-ce que tu es blanche comme un linge ? Stella. Qu'est-ce qui t'arrive ?

Chapitre 17

Stella essaie de ne pas penser à Mister Pfister. Elle essaie de le tuer en ne pensant pas à lui, de l'expulser de sa maison en ne pensant pas à lui. C'est impossible.

Elle se réveille à l'aube ; les paramètres diurnes font reculer le demi-sommeil.

Ava.

La maison dans le lotissement à la lisière de la ville, la chambre sous le toit, le lit avec la fenêtre à droite, la porte entrouverte à gauche, derrière la porte le palier, la chambre d'Ava, Ava.

Jason. Présent, sa silhouette à côté d'elle, mince, étonnamment légère dans le sommeil ; l'absence de Jason, Jason parti assez loin, et le lit à côté de Stella est vide.

Le moment de la journée, six heures du matin, et la saison, l'été.

La fenêtre est ouverte, les chants des oiseaux sont variés et circonspects.

Et Mister Pfister. Toujours là.

Stella se retourne sur le côté et s'imagine Mister Pfister en train de se réveiller.

Il se réveille dans sa chambre à côté de la cuisine. Elle est certaine qu'il n'habite pas toutes les pièces de sa maison, que les nombreuses pièces de sa maison sont trop pour lui. Il tiendra les portes fermées, peut-être même à clé, ne montera que rarement l'escalier pour aller à l'étage. Il s'est retranché dans la pièce à côté de la cuisine, la pièce qui correspond au séjour de Stella et Jason. La pièce est sombre parce que la baie vitrée est tendue de feutre. Mister Pfister n'est pas réveillé par la lumière du jour et il se réveille à n'importe quelle heure, parfois à l'aube, parfois en pleine nuit, et aussi l'après-midi ou en début de soirée, le temps, pense Stella, est relatif pour Mister Pfister. Il fait sombre, quand il se réveille, il fait jour, le jour point ou déjà se couche, il pleut, il neige, et puis le soleil se lève.

Le temps de Mister Pfister est autre, il fonctionne autrement, c'est le temps de Stella qui détermine le temps de Mister Pfister. S'il n'y avait pas le temps de Stella – et d'Ava, de Jason –, alors il y en aurait un autre. Mister Pfister se réveille et reste couché, il reste ainsi les yeux clos et à six heures du matin il entend exactement la même chose que Stella – des chants d'oiseaux, la lointaine rumeur de la circulation, des portières de voitures qui claquent –, il entend tout autre chose, sous ces bruits-là ou par-dessus, un réseau, un fin tissu de voix que Stella ne peut pas entendre, des chuchotements désincarnés.

Puis il se lève.

Stella voit Mister Pfister se lever et aller dans la cuisine et allumer la bouilloire. Il se roule une cigarette en attendant que l'eau bouille. La cuisine est plongée dans la pénombre. Sur le sol il y a pas mal de papier, dans la coupe au coin de la fenêtre des oignons luisants dressent dans l'air leurs germes verts, telles des flammes, il y a beaucoup trop de bouteilles dans cette cuisine, des bouteilles de bière, des bouteilles de vin, des bocaux de cornichons, et sous les piles de papier les objets importants se perdent, crayons, paquets de tabac, briquets, pense-bêtes, idées et pensées, mais tout cela finit par ressurgir, pas besoin de s'inquiéter. Rien ne se perd, tout tourne en rond.

L'eau bout. Mister Pfister verse de l'eau brûlante dans une tasse sale par-dessus une grosse cuillerée de café, l'image de la tasse sale remplit Stella de satisfaction. Il boit son café noir, sans lait ni sucre, quel souvenir évoque pour Mister Pfister le parfum du café le matin, quel souvenir cela lui évoque-t-il, je ne veux absolument pas le savoir, pense Stella, je ne veux pas le savoir.

Mister Pfister s'ouvre une bière pour accompagner son café. Il trouve une bière parmi toutes les bouteilles vides, il reste toujours une dernière bière. La cigarette crépite fougueusement. Tout est brûlant et froid en même temps, clair et sombre, feutré et sonore. Et le papier est partout. Le papier déborde de la cuisine dans la chambre, du papier froissé en boules, du papier couvert d'écriture, des feuilles de papier d'écolier à petits carreaux parmi des piles de journaux, des cahiers, des cartons, des couches de papier d'emballage, du courrier publicitaire et du carton ondulé, mais Mister Pfister avance au milieu de tout cela comme s'il marchait sur l'eau, il retourne dans la chambre et maintenant il met de la musique, il cède la place – c'est Bach.

La seule chose que tu puisses écouter.

Stella n'a jamais écouté Bach. Pas écouté Bach consciemment. Pas de cette manière. Elle décide qu'elle n'écoutera jamais Bach. Plus jamais.

Mister Pfister cherche un cendrier. Il rampe à quatre pattes à travers la pièce et trouve un cendrier en plastique. Le café est noir comme de la poix, la musique sera limpide comme du verre. Mister Pfister doit boire séance tenante une deuxième bière. Et puis il est malade, il se sent malade, fatigué, épuisé. Écouter. S'allonger, écouter couché, du lit fourrager entre les papiers, trouver un crayon et noter quelque chose, noter compulsivement quelque chose, quatre mots en fait :

État d'urgence, mémoire, lumière.

Des mots qui battent des ailes, pense Stella. C'est peut-être la sensation qu'on a, tu les écris et ils se tiennent tranquilles – *résistance, présence d'esprit, station, trente-sept, lundi, à l'époque.* Ce n'est pas comme s'il s'agissait seulement de mots hideux, de mots usés. Dans ces mots il peut y avoir une annonce, un abus. Ou bien une invitation ?

Les passages. Les chiens. Le désespoir.

Le crayon de Mister Pfister gratte et griffonne sur un papier froissé et puis se casse. Mister Pfister est porté de temps en temps par une vague d'assurance, d'arrogance et de confiance immodérée. Une troisième bière. Il y a toujours une troisième bière, et au milieu de toutes ces bouteilles l'atmosphère tinte comme du verre. Mister Pfister devrait manger quelque chose. Mais d'abord il faut qu'il se recouche, peut-être même qu'il se rendort, et quand il se réveille pour la troisième fois, il y a soudain un réveil par terre à côté de son lit, c'est déjà l'après-midi, il est grand temps, le tic-tac du réveil est assourdissant, une détonation à chaque seconde. Mister Pfister se lève aussitôt et s'habille. Pantalon, pull à capuche, chaussures de sport. Il tâtonne parmi le tas de bazar et de saletés sur la table de la cuisine, du tas glisse une photo, c'est lui, assis sur le bord d'un lit dans une chambre à une époque totalement différente, il faut absolument qu'il se débarrasse de cette photo, cette photo ne peut pas rester une seconde de plus dans le système, elle doit disparaître.

Mister Pfister empoche la photo.

Quitte sa maison.

Ferme soigneusement la porte à double tour, ferme à clé le portail du jardin.

Il passe devant la maison du réparateur de vélos. Le réparateur est assis comme chaque jour sur sa chaise pliante devant la porte, la roue entre ses mains tourne et fait jaillir des étincelles, les étincelles jaillissent dans le jour sombre et chaud. Ce réparateur de vélos appartient à Mister Pfister. Tout dans cette maison, le petit atelier, les vélos, les étincelles dorées, la lumière et l'amabilité appartiennent à Mister Pfister, il le dira plus tard à Stella – tu as parlé avec mon réparateur de vélos, et tu seras punie pour cela. Punie. C'est ce qu'il dira. Il descend la rue, passe devant la maison avec l'auvent, l'auvent est rabattu, non pas que cela intéresse Mister Pfister, tout ça ne l'intéresse absolument pas. Il passe devant les jardins silencieux, et au bout de la rue Stella tourne justement le coin, la voilà, elle est là.

Mister Pfister se replie sur le terrain vague. Il s'éloigne vers la droite, trébuche sur les gravats et les éboulis.

Stella descend du vélo. Au guidon sont accrochés deux sacs. Cet enfant est assis dans le siège pour enfant, il pointe le doigt, désigne une chose puis une autre. Stella cale le vélo contre la clôture du jardin, décroche les sacs du guidon, soulève cet enfant, l'extrait du siège et lui tend la clé, cet enfant ouvre avec application le portail et disparaît dans le jardin. Stella le suit en poussant le vélo, revient en arrière pour prendre les sacs et c'est seulement maintenant, maintenant seulement qu'elle jette un coup d'œil dans la rue, en direction de la maison de Mister Pfister. Mais Mister Pfister vient justement de s'écarter, et à vrai dire on s'en fout, on se fout de savoir si elle le voit ou pas, ce n'est pas du tout la question, la question n'est pas là.

Regard enflammé.

Dîner. Vendredi.

Mister Pfister est debout, les mains dans les poches de son pantalon, et il attend. Derrière lui, dans les fourrés du terrain vague, les rossignols commencent à chanter.

Phares. Signaux en morse. Les cercles se referment, de toute évidence. Celui-ci, celui-là. Le sentiment de Mister Pfister oscille, oscille entre la haine et l'amour, la colère et la confiance, c'est tout à fait normal, c'est comme ça pour tout le monde, c'est vraiment comme ça pour tout le monde, alors il peut être tout à fait tranquille.

Et puis c'est le soir.

Dans la maison de Stella, dans ces nombreuses pièces où elle vit et réfléchit et dort et mange et parle avec les siens, la porte de derrière qui donne sur le jardin s'ouvre. Cet enfant vient faire un tour dehors.

Alors allons-y. Allons-y.

Et Mister Pfister démarre et fonce. Droit sur la maison de Stella, il s'arrête au portail du jardin, pose le doigt sur la sonnette, sous laquelle son nom à elle est écrit sur la boîte aux lettres, et sous son nom à elle, le sien : Mister Pfister, et il appuie sur la sonnette, à fond.

Il recule d'un pas et considère la maison. Pour la millième fois. La maison est exactement la même que la sienne. Dans le séjour il n'y a personne. La fenêtre du pignon est ouverte, le drapeau orange flotte dans le vent. Cet enfant s'est caché. Le jardin est à l'abandon et très luxuriant. La prédilection de Stella pour les molènes, les lupins, l'herbe haute, les coquillages, les pierres, la prédilection de cet enfant pour les bouts de bois et les cochonneries.

Mister Pfister tend l'oreille. Il tend l'oreille encore un instant, reste encore un instant debout dans les éclats de l'atmosphère, Stella, le vélo, le petit chapeau de cet enfant, la petite robe rouge cerise, les sacs, les phrases qui tombent entre Stella et cet enfant, des mots, des gestes, la clé qui passe d'une main à l'autre, les mains qui se touchent, alors il y va.

Mister Pfister enfonce le portail du jardin à coups de pied, cette fois il y va carrément et pour la toute première fois. Le portail cède, s'ouvre en grand, tourne sur ses gonds, et le jardin devient enfin vaste et clair, il était temps. Mister Pfister sort la photo de sa poche de pantalon, l'horrible photo toute froissée du lit dans la chambre, *à l'époque*, et il soulève le couvercle de la boîte aux lettres et laisse tomber la photo dedans, comme dans un puits sans fond, bien sûr, comment pourrait-il en être autrement, bon dieu de bon dieu.

Personne en vue.

De l'eau qui goutte quelque part.

Demain ils se rencontreront de nouveau.

Mister Pfister s'en va, laisse quelque chose derrière lui. Il part vers la droite ou vers la gauche, suivant le cas, il n'y a pas de règles, très peu de règles, ici les règles sont faites ailleurs.

Et Stella se retourne dans son lit et s'assied. Toute la chambre sent la forêt, les pins et le sable. Elle est assise sur le bord de son lit, les mains entre les genoux comme

Dermot sur un rocher au bord de l'eau il y a quarante ans, et elle regarde par la fenêtre ouverte le ciel du matin. Elle n'arrivera pas à tuer Mister Pfister de cette manière. Se l'imaginer ainsi le maintient forcément en vie. Cette évocation est pénible et répugnante, et Stella éprouve de la compassion et le contraire de la compassion, mais elle ne peut pas renoncer à ces images, c'est sa manière de se défendre. Les images sont tirées des livres qu'elle a lus, du souvenir de gens qu'elle a connus, et d'elle-même, de Stella seule, il se peut que tout cela n'ait rien à voir avec la réalité. Que Mister Pfister soit une personne tout à fait différente, peut-être quelqu'un qui n'est pas malade du tout, ou alors qui est malade, mais autrement qu'elle se l'imagine ; qu'est-ce que cette évocation révèle sur elle-même ? Il se peut que Mister Pfister ne boive pas une goutte d'alcool. Qu'il téléphone tous les soirs à son amie, qu'il se tienne bien droit sur sa chaise dans une pièce impeccable, devant un bureau bien rangé, et que l'évocation de Stella soit naïve. Bête. Mais alors ne sont-ils pas pareils, Stella et Mister Pfister ? N'y a-t-il pas quelque chose qui les lie l'un à l'autre malgré tout ?

Des rêves, comme des mues.

Chapitre 18

Stella emporte son vélo derrière la maison. Elle dévisse le bouchon de la valve du pneu avant et écoute l'air qui s'échappe de la chambre à air. Elle attend un moment. Puis elle referme la valve, pose le bouchon sur l'appui de la fenêtre et sort du jardin en poussant le vélo.

Le réparateur de vélos est assis sur sa chaise pliante à côté d'une petite table devant la maison dans la lumière de l'après-midi. Il boit du thé dans une tasse ébréchée, il vient de se rouler une cigarette et ne l'a pas encore allumée, il porte une chemise reprisée à l'ancienne en plusieurs endroits, un pantalon sale et des grosses chaussures. À côté de lui contre le mur de la maison des vélos poussiéreux calés les uns contre les autres. La baie vitrée est verte à cause des grandes plantes qui se pressent contre la paroi de verre.

Tu as envie d'une tasse de thé.

L'apparition de Stella ne le surprend pas du tout. Il désigne les vélos calés les uns contre les autres, elle y ajoute son vélo. Il tourne au coin de la maison, revient avec une seconde chaise et la déplie à côté de la sienne. Il dit, en fait c'est mieux de s'asseoir dehors à l'arrière, mais tu le sais bien. Puis il disparaît dans la maison.

Stella s'assied.

Sur la petite table il y a du tabac, du papier à cigarettes, un cendrier, un carnet d'adresses, une boîte d'allumettes avec un œillet dessiné dessus et un livre sans couverture, dont Stella n'arrive pas à déchiffrer le dos et qu'elle n'ose pas retourner. Elle entend le réparateur de vélos aller et venir dans la maison, faire cliqueter la vaisselle dans la cuisine, c'est bizarre de savoir à quel endroit de la maison se trouve la cuisine, et c'est bizarre aussi d'être assise devant la maison et de regarder la rue familière et nouvelle en même temps. Le portail grand ouvert. Dans les gravats à côté de la clôture poussent des pissenlits et de la menthe sauvage. De l'eau pour les fleurs dans des bouteilles en plastique. Un réservoir rouillé entre ce terrain-ci et celui de Mister Pfister. La pelouse autour de la maison de Mister Pfister est desséchée. Sa maison paraît abandonnée, carrément grise.

Le réparateur de vélos pose la tasse de thé à côté de Stella sur la petite table. Le thé est limpide et doré, cette tasse-là aussi est fêlée. Le réparateur de vélos s'assied sur la seconde chaise. Ils sont assis côte à côte et regardent la rue, dans la rue un enfant bossu au regard perçant passe devant le portail de droite à gauche en poussant une trottinette très lentement, comme s'il obéissait à une consigne.

Ici, je ne travaille que pour moi, dit le réparateur de vélos. Ce n'est pas un atelier officiel, je travaille pour moi.

Je sais, dit Stella. C'est ce que je pensais.

Il hoche la tête. Il dit, ton enfant va au jardin d'enfants communal, et toi on te voit toujours disparaître à l'intérieur de la maison communale. Est-ce que tu travailles à la maison communale.

Je vais y chercher des clés, dit Stella. Au bureau des soins à domicile, le bureau est dans la maison communale, et je viens y chercher les clés des domiciles des patients. Je suis infirmière. Je travaille pour Paloma.

Ils parlent un peu ensemble. Ils tentent une conversation, précisément ce que Mister Pfister réclamait et que Stella a refusé. Avec ce réparateur de vélos qui lui rappelle tout naturellement Jason – mains sales, yeux noirs et vifs, tension calme du corps et une politesse menaçante –, elle parle ; à quoi cela tient-il et que faut-il en déduire. Ils parlent un peu du printemps tardif, tout a fleuri en même temps, les lilas et les marronniers, un phénomène rare. De l'hiver, que le réparateur de vélos passe dans le Sud parce qu'il ne supporte pas le froid, il ne revient que lorsque les jours rallongent de nouveau. De l'ancien lotissement, il dit que si les prétentions haut de gamme du nouveau lotissement gagnent toute la rue, il s'en ira. Il parle d'une voix lente, presque somnolente, et malgré tout précise.

C'est une boucle temporelle ici, tu as déjà remarqué ? Ici le temps s'est arrêté, et chacun de ceux qui y vivent reste dans sa bulle. Je te vois depuis des années, et c'est la première fois qu'on parle ensemble. Il n'y a quasiment pas de changement. Il n'y a aucune ouverture, dans ce quartier, mais ça peut être bien pendant un temps, peut-être qu'on a besoin de ça.

Il regarde Stella d'un air pensif. Et puis il dit, tu danses.

Non, dit Stella. Je ne danse jamais.

C'est drôle de dire cette phrase. Je ne danse jamais. Elle pense, parfois je danse avec Esther, et ça la fait rire, il rit aussi, un rire entendu, intérieur.

Tu serais sûrement une bonne danseuse de tango.

Il y a peu de chances, pense Stella, que certaines choses se produisent encore. Qu'à un moment ou à un autre je sois amenée à danser. Et faut-il le regretter ou pas.

Elle soulève sa tasse et décroise les jambes. La montre du réparateur de vélos émet un léger signal, quatre heures, dit-il, j'ai programmé cette alerte une fois par hasard, et depuis je la laisse. Ce n'est pas du tout censé me rappeler la fin du boulot. Juste l'occasion de me demander ce qui s'est passé dans la journée, c'est tout.

Et aujourd'hui, c'était quoi, dit Stella, hésitante.

J'ai réparé un vélo. Lu une page d'un livre, arrosé mes plantes, tu es passée, je t'ai fait du thé. Beaucoup de choses pour un seul jour, sans aucun doute.

À un moment donné, Stella le dit.

Je voulais t'interroger sur Mister Pfister, sur ton voisin. Je voulais te demander si tu le connaissais.

Elle le dit, et puis elle retient son souffle.

Bien sûr que je connais Mister Pfister, dit le réparateur de vélos. Il ne fait pas la grimace, ne sourcille pas. Je connais à peu près tous les gens qui habitent dans cette rue. Sauf toi probablement. Tous sauf toi.

Il dit, pourquoi tu me demandes ça, qu'est-ce que tu veux savoir.

Stella se redresse sur sa chaise, respire à fond et se penche en avant. Elle est pleine de remords, elle sent remonter un souvenir, presque un souvenir d'enfance, une chose oubliée depuis longtemps.

Elle veut savoir si l'affaire est en train de déraper. Mais en quoi est-ce que ça regarde le réparateur de vélos ?

Stella dit, le fait est que Mister Pfister veut parler avec moi. En fait il aimerait avoir une conversation avec moi.

Oui, et où est le problème, dit le réparateur de vélos en souriant, que pourrait-il dire d'autre, il pose évidemment cette question bête et pertinente.

Il y a que moi je ne veux pas, dit Stella. Je ne veux pas avoir de conversation avec lui, et il ne l'admet pas. Il ne veut pas l'admettre, il ne me laisse pas tranquille, il me terrorise. Il me terrorise. Elle a la voix qui tremble.

Le réparateur de vélos regarde la rue. Pas dans la direction de chez Mister Pfister.

Il dit, bon, quand le soleil sera parti, on ira derrière la maison.

Merci beaucoup, dit Stella.

Elle attend un moment. Puis elle dit, c'est quel genre de personne. Peux-tu me dire un peu des choses sur lui, est-ce que ce serait possible.

Le réparateur de vélos pourrait dire, pourquoi faut-il que je te dise, à toi, des choses sur Mister Pfister. Il pourrait dire, pourquoi moi, je ne veux pas m'en mêler. Mais ce n'est pas ce qu'il fait. Il vient en aide à Stella, en tout cas il parle, il ne refuse pas de répondre. Ce faisant il se trahit un tout petit peu. On fait ça tout le temps, pense Stella avec reconnaissance, on trahit sans arrêt.

Le réparateur de vélos dit, Mister Pfister vient parfois me rendre visite. Il s'assied là où tu es assise en ce moment. Il est assez seul. Je peux imaginer qu'il n'accepte pas qu'on lui dise non, il a perdu l'habitude, il n'a pas beaucoup affaire à d'autres personnes. Peut-être que ç'a toujours été comme ça. C'est possible.

Il dit, Mister Pfister présentait plutôt bien autrefois – maintenant c'est fini, il prend des médicaments, il y a des problèmes psychiques. Il aurait pu avoir quelques femmes, mais il ne les a pas eues. Pourtant il est très imbu de lui-même, ça saute aux yeux. Il se trouve très bien, il fait grand cas de sa personne, il est fier de lui et même vaniteux. Quand on est assis ensemble ici, il aime bien parler un peu. Il sait comment les choses se passent. Ce qui fait la cohésion de ce monde, il a son idée à lui sur les liens entre les choses. Bien arrêtée. Impossible de l'impressionner, on peut dire ça comme ça. Mister Pfister ne se laisse pas impressionner.

À présent il allume enfin sa cigarette, tire une, deux bouffées, et jette un bref coup d'œil en direction de la maison de Mister Pfister, pas inquiet, plutôt comme s'il voulait vérifier quelque chose. Et puis il dit, mais il est aussi délicat. Sensible, cultivé, à un moment ou un autre il a dû avoir un peu d'ambition. S'il te court après, c'est qu'il ne va sûrement pas bien. Il y a déjà un bout de temps que je ne l'ai pas vu. Il y a déjà un bout de temps qu'il n'est plus venu par ici, qui sait ce que ça signifie.

Il ne me court pas après, dit Stella. Il me harcèle, c'est différent. Je voudrais qu'il arrête, je ne peux plus supporter.

Alors il faut que tu le lui dises, le réparateur de vélos regarde Stella avec indifférence, il semble se demander de quel côté il serait si on lui posait la question. Il n'est visiblement pas un ami inconditionnel de Mister Pfister, mais il semble tout de même l'apprécier.

Dis-le-lui. Si tu n'as jamais parlé avec lui, tu devrais peut-être le faire une fois. Dis-le-lui, parle avec lui. On peut parler avec lui, j'en suis sûr, c'est possible.

Ah bon, dit Stella. On peut ?

Ce conseil est l'inverse de celui que lui a donné Jason. L'inverse du conseil de Clara, de tous les conseils qu'on trouve sur cette satanée toile pourrie. Mais Stella a le sentiment qu'elle va écouter ce conseil. Qu'en diraient Jason et Clara ? Et que diraient-ils du fait qu'elle est assise là ?

Mais elle n'est pas assise là en cachette. Jason peut passer devant la maison, Mister Pfister peut passer, n'importe qui peut passer.

Changeons d'endroit, dit le réparateur de vélos, allons trouver la chaleur du soleil couchant.

Il prend sa tasse sur la table et verse dans l'herbe le reste de thé, geste de conclusion ou préliminaire.

Oui, dit Stella. Volontiers.

Est-ce que je pourrais traverser la maison ? Passer par le vestibule et la cuisine et ressortir derrière, j'aimerais bien savoir comment est ta maison. Les différences avec la mienne.

Bien sûr, dit le réparateur de vélos. Tu peux tout à fait.

Il se lève avant elle, la précède pour entrer.

Chapitre 19

Ces jours-ci, Esther fait tout toute seule. Quand Stella arrive, elle est déjà assise dans la cuisine, elle s'est habillée toute seule, a refait un peu son lit, disposé ses médicaments, ses lunettes, ses crayons, ses mots croisés et le journal sur la tablette du déambulateur et s'est mise en route. Elle a refermé derrière elle la porte de la chambre qui d'habitude est grande ouverte, Stella soupçonne que cela doit avoir une signification mais n'arrive pas à déterminer laquelle. Esther est assise à la table de la cuisine et a mis la radio très fort. Elle écoute un concert classique et lève la main en signe d'avertissement quand Stella entre dans la cuisine, Stella commence malgré tout à déballer ses achats, laver la vaisselle, balayer. Vous n'y connaissez rien, dit Esther, c'est tout à fait surprenant que vous ne connaissiez absolument rien à rien.

Elle incline la tête vers la radio et dirige un orchestre invisible avec des petits gestes experts. Ta-ti-ta. Ta-ti-ta. Ta-ti – écoutez, les voilà qui émergent. Les ondines. Esther secoue la tête et fait un geste de dénégation comme si Stella avait dit quelque chose, puis elle éteint la radio et se penche sur le programme de télévision, coche d'un trait rageur toutes les émissions qu'elle aimerait voir, qu'elle estime valables.

Je peux m'occuper de moi toute seule. Faites-moi un toast avec de la marmelade d'oranges puisque vous êtes là à tournicoter, et puis balayez donc la chambre, il y a des moutons gros comme des têtes d'enfant, je ne sais pas qui vous a appris à tenir une maison, à vous toutes. Vous êtes livide. Changez donc de coiffure. Mêlez-vous un peu aux gens, je crois bien que la seule personne que vous consentez à fréquenter, c'est moi. Moi.

Stella tire la chasse, vide la cuvette qui a servi pour la toilette, le bol avec les crachats visqueux d'Esther, elle rince le bol dans la salle de bains au-dessus du lavabo en regardant n'importe où sauf dans le miroir. Elle passe l'aspirateur, fait une pile des vieux journaux, elle a apporté des fleurs, des iris et des roses, et elle les dispose avec soin dans le vase en verre d'Esther, elle écoute les monologues d'Esther et se dit que dans ce qu'elle raconte se cache un noyau, une vérité. Esther est mal vue, probablement pour cette raison. Stella replace sur l'étagère les livres qu'Esther a fait tomber derrière son lit au fil du week-end, recueils de poèmes, nouvelles, interprétations de rêves. Elle essuie l'étagère et remet côte à côte les photos des enfants et petits-enfants d'Esther, c'est cruel de voir le grand nombre de gens avec qui Esther a vécu et combien elle est seule à présent. Allez, venez-en au fait, crie Esther depuis la cuisine. Bougez-vous un peu ! Elle ne précise pas en quoi elle doit se bouger ni de quel fait il s'agit.

Stella s'assied à la table à côté d'Esther, coupe le toast en petits morceaux, dit, Esther, il faut que vous soyez raisonnable, tendez-moi votre oreille, vous allez doser votre sucre. Esther se tourne et présente à Stella son oreille gauche avec la mine d'un enfant vexé qui n'en pense pas moins, Stella presse le lobe velouté et délicat pour recueillir une goutte de sang. Vous êtes en hyperglycémie Esther, et elle voit Esther soulever avec confiance sa chemise et injecter l'insuline dans son ventre gonflé. Elle note le taux dans le registre, elles sont assises ensemble paisiblement, Stella a le sentiment très net qu'Esther est contente qu'elle soit là, même si elle ne l'avouerait pour rien au monde. Une pêche suspecte, a noté l'infirmier de nuit dans le registre, vitalité surprenante, Stella sait ce que ça signifie, à un sursaut de vitalité succède souvent rechute, effondrement, issue fatale.

Fermez donc cet horrible livre, dit Esther d'un ton sévère. Partez. Il y a du changement dans l'air, je le sens, et nous deux, vous et moi, on ne se reverra plus si souvent. Comment va votre enfant ?

Bien, dit Stella. Ava va bien. La semaine dernière, elle a perdu d'un coup ses deux dents de devant, elle ressemble à un petit vampire.

Aha. Esther fait un vague sourire. Elle dit, je crois que vous allez nous laisser tomber, n'est-ce pas. Vous allez poser une belle lettre de démission sur le bureau de Paloma, voilà ce que vous allez faire. Je me trompe.

Non, dit Stella. Elle dit, je ne sais pas.

Ma foi, dit Esther, ici c'est un angle mort. Un angle mort du monde. Je ne sais plus du tout ce qui m'a amenée jusqu'ici, comment j'ai pu atterrir ici, grands dieux.

Stella a cette remarque à l'esprit quand elle remonte sur son vélo devant la maison d'Esther. Elle aurait pu dire, pour moi c'est exactement pareil. Moi non plus je ne sais pas ce qui m'a amenée jusqu'ici, comment j'ai pu atterrir ici.

Les jardins dans le crépuscule d'été se referment, soudain les rues ordinaires paraissent complètement inconnues, quelque chose change, a déjà changé.

Ces derniers temps, écrit Stella à Clara, *je fais les mêmes rêves que lorsque j'étais enfant. Je rêve d'une maison de poupée qui se trouvait dans ma chambre, et pendant la nuit un être minuscule se faufile dans la pièce, dont je sais qu'il est méchant. Il se cache dans la maison de poupée, impossible de le retrouver, mais je sais qu'il est là, il est dans ma maison. Qu'est-ce que ça signifie ? Je t'écris cette lettre dans le jardin, il fait déjà presque nuit, je ne vois plus ce que je mets sur le papier, et puis je n'ai pas de mots, pas le moindre petit mot pour dire ma nostalgie de Jason, qui paraît aussi définitive que s'il était mort. Mais il n'est pas mort. Demain il revient et dans le réfrigérateur il y a trois bières et un bol avec des prunes qui l'attendent. Tu te souviens comme on était confiantes il y a dix ans ? Presque téméraires. Et en même temps il n'y avait pas d'enjeu. Ce que nous voulions, c'est ce que nous avons – un mari, un enfant, un toit au-dessus de notre tête, une vie repliée sur elle-même. Il ne va pas tarder à pleuvoir, on le sent avant que la pluie ne se mette vraiment à tomber, c'est comme une sorte d'électricité, c'est dans l'air. Clara ! Prends toujours bien soin de toi. Indéfectiblement à toi et pour toujours –*

La canicule est sur la ville, la nuit l'horizon n'est plus noir mais rougeoyant, une lueur orange menaçante et annonciatrice de malheur filtre sous un mur de nuages. Contrairement aux pronostics de Paloma personne ne meurt mais les heures de service sont stressantes et pénibles. Stella accompagne Walter à l'hôpital. Il faut changer son cathéter, lui faire un lavement intestinal et une coloscopie, il va devoir passer une longue semaine torride à l'hôpital, et Stella ne sait pas si Walter sait que pendant cette semaine sa famille va venir et parler avec Paloma, ses sœurs et son frère. Il se peut qu'ils le mettent dans une maison de retraite médicalisée, qu'ils vident sa maison et la vendent, comment faire pour transporter ces fragiles maquettes de ponts en carton, quelqu'un s'en souciera-t-il seulement. Qui va s'occuper des canaris. Si on les libérait, les canaris arriveraient-ils à survivre dans les jardins ? Stella est assise à côté de Walter dans l'ambulance, Walter est attaché dans son fauteuil roulant, les fenêtres de l'ambulance sont en verre dépoli, on ne peut pas les ouvrir, il est impossible de déterminer dans quelle partie de la ville ils se trouvent, où ils sont. Quand on le véhicule à travers la ville, Walter ne peut même pas regarder par la fenêtre, Ava fondrait en larmes devant pareille injustice. La circulation est bloquée. La vitre teintée qui les sépare de la cabine est fermée, et Stella et Walter observent la conversation inaudible du conducteur, où il est apparemment question de tout ce qui a toujours été et ne changera plus jamais, une chorégraphie de gestes de dénégation et de hochements de tête. Ils sont immobilisés dans un embouteillage. Walter ferme les yeux. Il présente à Stella son visage comme pour un ultime regard, un visage tiré de la série des dormeurs qui sont accrochés partout au-dessus de son lit. À quoi rêve Walter. Stella sait tant de choses sur lui, et si peu en même temps, elle l'observe, il est rasé avec un soin un peu maladif, et ses paupières sont chiffonnées, ses cils épais comme ceux d'un enfant. Il rouvre les yeux, comme si Stella en avait assez vu. Il dit, soif, et Stella soulève le gobelet, lui glisse la paille entre les lèvres, essuie l'eau sur son menton avec une serviette et remet le gobelet en place, elle dit, est-ce que ça suffit, Walter ne répond pas. Le conducteur freine, s'arrête enfin et coupe le moteur. Stella voit au sourire de Walter que ça lui est égal, qu'il n'y a de toute façon plus vraiment de rapport entre les choses. Elle a passé la matinée avec lui sur la machine d'exercice, soulevé ses bras et ses jambes pesants et dit, on tend, Walter, on fait ça tout seul, on tend, et Walter n'a pas été en mesure de faire le moindre mouvement coordonné. On arrête ? Mais il a secoué la tête et choisi apparemment de tenir bon, d'endurer ce travail qu'ils font ensemble, en nage au milieu du salon par une chaleur accablante et devant la télévision, devant des dessins animés, comme si la façon de se mouvoir propre aux personnages de dessins animés correspondait mieux aux mouvements de Walter que n'importe quel mouvement dans la réalité. Stella se penche et frappe à la vitre de séparation, le conducteur se retourne et entrouvre à peine la vitre, un gardien de prison ne ferait pas autrement.

Est-ce que vous pouvez estimer, dit Stella, déconcentrée. Je veux dire, est-ce que vous pouvez estimer combien de temps encore on va rester là, parce que si ça dure on voudrait descendre, elle sait qu'elle a le ton d'un enfant buté.

Liberté. La liberté de descendre d'une voiture.

Si je savais ce genre de choses, dit le conducteur, je ne serais pas assis là. Je serais ailleurs, tout à fait ailleurs, et il s'en tient à cette réponse obtuse, referme la vitre, se détourne.

Je vais m'en aller, Walter, dit Stella. Elle malaxe la serviette mouillée sur ses genoux. Je voulais que tu le saches, j'arrête de travailler avec Paloma, nous déménageons. Je suis encore là jusqu'à la fin du mois, et puis je démissionne, je ne sais pas exactement quand Paloma peut me laisser partir. Quand tu rentreras de l'hôpital, je serai encore là. De toute façon. Mais après il faudra que je m'en aille.

Elle parle, elle parle. Elle sait qu'elle parle ainsi parce que Walter ne fera aucun commentaire. Ne peut pas faire de commentaires ni poser de questions, il peut juste hésiter entre les syllabes, entre des sons qu'on peut interpréter de telle ou telle manière, suivant le cas, suivant ce que Stella veut entendre.

Dermot dit, qu'est-ce que vous avez mangé aujourd'hui.

Ce que j'ai mangé aujourd'hui, dit Stella. Elle doit réfléchir une seconde, et puis ça lui revient – de la salade. J'ai mangé de la salade et du pain, et la crêpe froide qui restait, qu'Ava n'avait pas réussi à finir hier. Et vous ?

Un peu de soupe, dit Dermot, absent. Il fait trop chaud pour manger, non. Mais il faut manger. Il faut bien avaler quelque chose.

Pourquoi me demandez-vous ce que j'ai mangé, dit Stella d'un ton sérieux.

Parfois ça peut distraire, dit Dermot, et il sourit comme si elle l'avait pris en faute.

Ils sont ensemble dans le jardin de Dermot. Julia est à l'hôpital, elle s'est levée dans la nuit, s'est assise dans la cuisine, a attendu un signe et au point du jour finalement elle a quitté la maison, elle est tombée devant la porte et Dermot l'a trouvée sur les marches. Elle était habillée comme pour aller à la messe du dimanche ou à un concert, du sang sortait de ses oreilles. Où a-t-elle trouvé la force de faire ça et pourquoi Dermot ne l'a-t-il pas entendue, pourquoi ne l'a-t-il pas entendue se lever, comment est-ce possible. Stella pense que d'une certaine manière Julia est sortie de l'image. Sortie de l'image pour de bon, elle a achevé aujourd'hui un mouvement qu'elle avait entamé un jour de mars au bord de la mer il y a quarante ans.

On dirait que nous allons faire nos valises en même temps, dit Dermot avec désinvolture. Vous et moi. Emballer tout notre, comment dit-on… bataclan. Il regarde Stella, son visage est trop familier pour qu'elle puisse distinguer à quel point il est triste. Son amabilité semble avoir faibli, une chaleur qui décline, se retire. Stella pense pouvoir comprendre ça.

Il secoue sa grosse tête, comme s'il voulait la détourner de ces pensées. Il dit, vous savez déjà ce que vous voulez faire ?

Non, dit Stella. Elle sourit malgré elle, ça la gêne de ne pas savoir ce qu'elle veut faire. Elle dit, mon travail je peux le faire n'importe où, vous savez. Je veux dire, il y a partout des gens comme vous, comme Julia, comme Esther. Il y a partout des Paloma. Mais peut-être aussi que je vais faire tout autre chose. On verra bien.

Oui, vous verrez, dit Dermot. Son ton est objectif. Le changement libère de l'énergie, une énergie dont peut-être vous ne savez encore rien à l'heure qu'il est.

Stella pense, mais c'est aussi valable pour toi. Est-ce aussi valable pour toi ? La mort de Julia va-t-elle libérer en toi une énergie dont tu ne sais encore rien à l'heure qu'il est, de quelle énergie peut-il bien s'agir.

Aucune image ne lui vient. Elle reste debout à côté de Dermot et ils regardent le vent s'engouffrer dans les bâches devant la maison, les bâches font des vagues, on dirait de l'eau, elles réverbèrent la lumière.

Chapitre 20

À midi après le départ de Jason, Mister Pfister dépose un bout de papier jaune dans la boîte aux lettres.

Stella le voit arriver depuis la chambre à coucher – elle range la commode à linge, trie les chemises de Jason et prolonge ainsi sa présence, elle ne veut pas perdre le contact –, et elle voit Mister Pfister qui descend la rue, pull à capuche, pantalon sombre, visage gonflé, il a la main gauche dans la poche de son pantalon et ce qu'il a dans la main droite, il le fourre dans la boîte aux lettres sans une hésitation, puis il appuie sur la sonnette et lève les yeux vers la chambre à coucher, il garde le pouce sur la sonnette tandis qu'il lève les yeux.

Stella, en haut dans la chambre, l'observe. La sonnerie est stridente. Elle est debout devant la fenêtre ouverte, les chemises de Jason dans les mains, et elle voit Mister Pfister en bas, il est comme encadré par la fenêtre, les molènes à gauche, la lisière du bois à droite, quel tableau. Puis la sonnerie s'arrête. Mister Pfister fait demi-tour et s'en retourne chez lui.

Stella finit de trier le linge. Elle fait le lit, laisse la fenêtre entrebâillée. Dans la cuisine, elle met la vaisselle du petit déjeuner dans l'évier et vide les résidus de thé au fond de la théière, elle remet en ordre les pages du journal que Jason a lu ce matin, regarde un moment la photo au-dessus du gros titre, trois taïkonautes qui ont atterri dans un paysage désolé. Elle essuie avec soin la table de la cuisine, elle ne peut plus s'arrêter d'essuyer la table de la cuisine. Elle va dans le vestibule, défait ses cheveux devant le miroir, les peigne et les rassemble, remet les épingles. Elle se pince les joues, comme faisait toujours Clara. Comme fait toujours Clara. Elle enfile sa veste, referme la porte d'entrée derrière elle et va à la boîte aux lettres.

Hello, comment ça fait d'être harcelée par un stalker

Stella referme la boîte aux lettres sans prendre le bout de papier. Elle sort du jardin, s'enfonce dans la chaleur du jour, descend la rue vers la gauche, sur la trace vibrante et palpitante de Mister Pfister. La maison de l'étudiante, de la famille asiatique, de la vieille dame, le jardin à l'abandon, le rhododendron taillé, à la lisière du pré un parasol ouvert au-dessus d'une chaise renversée. Terrain vague, pollen de peuplier dans le caniveau, pissenlits, ensuite la piscine, la terrasse sur laquelle un homme est assis à l'ombre et tourne vaguement la tête, regarde passer Stella d'un air blasé, et enfin la maison familière du réparateur de vélos, une maison de verre dont Stella sait une fois pour toutes quelle odeur elle a – lin, savon de Marseille et menthe, elle sait comment la lumière tombe sur les lames du parquet dans la pièce sous le toit, et que sur les marches de l'escalier sont posés des objets qui n'ont pas encore trouvé leur place, un moulin à café en bois, des verres à jus de fruits, une bobine de film, elle sait que la photo d'un chien est accrochée au mur entre le séjour et la cuisine et que le réparateur de vélos a une prédilection pour les blousons militaires en toile verte – sa maison est silencieuse. Les deux chaises sont repliées contre le mur, et le premier des vélos à côté de la porte est toujours celui de Stella.

Stella regarde en passant. Elle ne s'arrête pas, ne ralentit pas vraiment non plus, elle arrive devant la maison de Mister Pfister, portail fermé et vitres noires, aucun objet dans le jardin qui raconte quelque chose sur Mister Pfister, rien qui infléchisse le cours de l'histoire.

Stella sonne.

Elle entend la sonnerie percer le silence de la maison, une sonnerie comme la sienne, pourtant le son est différent, assourdi, étouffé par quelque chose. Elle se rend compte avec étonnement que Mister Pfister l'a bel et bien amenée à faire exactement ce que lui fait d'habitude – sonner à la porte d'une maison dans laquelle on ne veut pas lui ouvrir. Garder le doigt appuyé sur une sonnette, avec fureur, avec rage, et penser, je sais que tu es là.

Il a réussi à faire de Stella son miroir, semble-t-il.

Stella le dit, sa voix siffle. Sors. Ouvre la porte. Ou-vre-la-porte. Sors de là.

L'interphone grésille, et elle l'entend qui parle.

Ceci est une propriété privée.

Il y a de quoi rire. Stella grimace. Elle se penche et elle dit, oh, ça oui, je sais. Je le sais, bon dieu de bon dieu ! Je n'ai pas la moindre envie d'entrer dans ta maison. Je voudrais parler avec toi, ouvre cette satanée porte, ouvre-la.

Mister Pfister appuie sur le bouton. Bourdonnement, Stella presse son épaule contre le portail, le portail s'ouvre. Au même moment la porte de la maison s'ouvre et Mister Pfister sort. Stella le voit sur le seuil, et elle a de nouveau le sentiment qu'avec l'ouverture de la porte une énergie s'échappe de la maison, tel un fluide, un courant de pensées et d'idées, une tension exacerbée, une peur oxydante. On dirait que c'est la première fois de sa vie que Mister Pfister ouvre la porte à quelqu'un. Marche vers quelqu'un, en plein jour, dans la lumière. Il pose ses pieds à la manière d'un malade, exactement comme font Walter Esther Julia, il descend les trois marches et avance vers Stella, en homme qui ne se fie pas au sol sous ses pieds. L'air est épais. Stella sent la sueur l'inonder, elle entend sa propre respiration. Mais ses mains sont glacées, sa bouche est sèche, dans sa tête elle voit Ava, le tendre visage d'Ava, et elle entend sa petite voix enrouée, elle entend aussi la voix du réparateur de vélos, on peut parler avec lui, parle-lui.

Mister Pfister, autant qu'elle puisse s'en rendre compte, n'a rien dans les mains. Il vient vers elle les mains vides. Il fait un geste embarrassé, mais sans équivoque, il désigne sa porte – il l'invite à entrer.

Il l'invite à entrer dans sa maison, à s'asseoir. À voir un peu à quoi ressemble sa maison comparée à la sienne.

Il est sorti pour Stella, elle a réussi à le faire sortir, serait-il possible, pense Stella confusément, que lui-même n'ait pas cherché autre chose. Elle voit cette fois encore comme il est beau, comme il est jeune et fatigué, son visage est couleur de cendre, l'expression de ses yeux désespérée, il répand une odeur fade, aigre, sa bouche est enfantine et beaucoup trop grande. À présent il fait une grimace, qui se veut peut-être un sourire ; il essaie quelque chose, essaie de trouver un ton, quelque chose à quoi il puisse s'accrocher.

Stella se rappelle Jason. Dans l'avion, la main ouverte de Jason, elle s'entend dire, j'ai peur de l'avion, j'ai vraiment très peur de l'avion, et elle entend la voix de Jason, sécurisante.

Elle secoue la tête. Je ne veux pas entrer dans ta maison. Et je ne veux pas rester longtemps. Tu m'as posé une question, je veux répondre à ta question.

Mister Pfister ne bouge pas. Stella continue à avancer vers lui, elle pourrait l'attraper, attraper le tissu sale de son pull à capuche, constater qu'il est bien réel. L'expression de son visage passe du désespoir au désarroi, puis à une incompréhension interrogative.

Le bout de papier, dit Stella. Elle crache les mots. Ton bout de papier jaune dégueulasse avec la question, comment ça fait d'être harcelée par un stalker. D'accord ?

Mister Pfister acquiesce, il commence à comprendre, il s'y retrouve un peu. Le papier. La question, la conversation qu'on l'empêche d'avoir, son obsession, des bribes semblent lui revenir à l'esprit, des fragments, on dirait que quelqu'un que Stella ne voit pas lui souffle quelque chose à l'oreille.

C'est horrible d'être harcelée par un stalker. Ça bousille ma vie. Ça me bousille. Je veux que tu arrêtes. Je veux que tu ne reviennes plus jamais sonner chez nous, que tu ne mettes plus jamais rien dans la boîte aux lettres, que tu disparaisses, une bonne fois pour toutes. Tu as compris. Tu m'entends ?

C'est un peu comme de parler avec Ava. Comme de dire à Ava, il faut que tu gardes ton bonnet sur ta tête. Tu ne dois jamais traverser quand le feu est rouge. Maintenant ça suffit, il faut que tu t'endormes. Tu m'entends. Tu m'écoutes ?

Stella sent la nausée monter en elle, c'est peut-être de la pitié, elle en chancelle presque. Pourquoi ne s'assied-elle pas avec lui sur les marches devant la maison, le temps d'une cigarette, juste un quart d'heure, ce serait quoi pour elle. Elle ne peut pas. Non, elle ne peut pas.

Je voudrais juste parler avec quelqu'un, dit Mister Pfister. Les mots viennent difficilement sur sa langue, ils résistent, un mot après l'autre, sans lien entre eux. Avec quelqu'un. Parler. Je ne savais pas. Je ne savais pas que c'était horrible pour toi.

Ça l'est. C'est horrible. Et puis je ne suis pas la bonne personne, dit Stella avec douceur. Elle le dit presque tendrement. Essaie de comprendre, je ne suis pas la bonne personne pour ça. Il faut que tu cherches quelqu'un d'autre, on n'a rien à faire ensemble, tu ne le vois pas ? Je ne suis pas celle pour qui tu me prends. Je suis quelqu'un de très différent.

Comme c'est bizarre de dire – je ne suis pas la bonne personne. Refuser carrément le regard de l'autre. Comment est-ce que je sais, pense Stella, que je ne suis pas la bonne personne, d'où est-ce que je tiens ça.

Ils sont face à face et s'observent, Stella observe Mister Pfister, elle le voit, elle ne l'oubliera plus jamais. Ses yeux verts, l'anneau jaune autour de l'iris noyé d'ombre et derrière la fatigue un amusement caché. Sa grande bouche, une cicatrice en forme de croissant sur la lèvre supérieure, l'expression d'un homme dépassé et en même temps d'un monsieur-je-sais-tout. Sa posture, tout le contraire de celle de Jason, de la posture du réparateur de vélos, cette aura de mollesse, de tourment qu'il dégage.

Il tend la main droite. Peau sèche, écailleuse, incapable de serrer, de retenir un objet. Stella lève les deux mains, elle lui présente ses paumes, ce n'est pas possible. Ses mains. Non mais c'est pas vrai. Il retire sa main.

Je te souhaite bonne chance.

Stella fait demi-tour. Elle voit le portail se refermer devant elle, mais ce n'est qu'une séquence, une image née de la panique, le portail est ouvert, elle le franchit et se retrouve dans la rue, et elle tire le portail derrière elle sans se retourner. Elle tremble ; tout tremble.

Mister Pfister passe dans l'après-midi.

A-t-elle supposé qu'il ne viendrait plus ? A-t-elle pensé sérieusement qu'elle avait réglé la question, qu'elle pouvait passer à autre chose (une page d'un livre, un poème, le supplément du journal du dimanche, la cueillette des framboises, le lavage des vitres), a-t-elle pensé qu'elle avait fait tout ce qu'il fallait.

Eh bien non.

Mister Pfister sonne l'après-midi à trois heures, et Stella se lève de sa chaise derrière la maison et ne prend même pas le temps d'enfiler ses chaussures, elle court pieds nus dans le gazon, vers le portail, vers Mister Pfister, elle court. Il est là, il l'attend, il la regarde venir. Le réparateur de vélos s'est trompé.

Stella suit le *Règlement intérieur*. Elle laisse entrer tout le monde, qui que ce soit. Elle ouvre le portail à la volée, Mister Pfister ne s'en effraie pas, mais il fait tout de même un petit pas en arrière, juste un petit pas et sans détourner son regard brûlant du visage de Stella.

Stella dit, tu ne peux pas arrêter. Ça ne va pas, ou quoi. Ça t'est impossible, ou quoi. Elle sent qu'elle est pâle de rage. Elle sent qu'elle ne voit pas normalement, tous les contours sont beaucoup trop précis, ils lui font mal aux yeux.

Mister Pfister dit, non, non, ça ne va pas. C'est impossible, je ne peux pas arrêter. Je ne peux pas arrêter.

Il est debout devant elle dans la rue et il tremble.

J'ai dormi là-dessus. Me suis recouché. Comprends-le, j'ai dormi là-dessus, j'ai réfléchi là-dessus. Et je me suis réveillé et je pense que je ne suis pas d'accord. Et je n'arrêterai pas. Je ne vais pas seulement enfoncer ton portail, je vais enfoncer ta porte aussi. Piétiner ta vie tout entière, j'en suis capable. Tu seras sous ta couverture, tu te rongeras les ongles, tu claqueras des dents.

Stella écoute mais ne comprend rien. Elle se cramponne au portail et elle entend que dans les paroles de Mister Pfister quelque chose bascule puis vole en éclats. Sa mère. Le soir qui revient tous les jours. Les nuits. Ce qui coince, les systèmes, la police, autant qu'elle puisse le suivre, il l'incite à aller trouver la police. Elle l'écoute – c'est un peu comme écouter Walter –, et elle voit sur son visage les mots voler en éclats, elle le lit pour ainsi dire sur son visage, et elle voit aussi qu'il le sent et qu'il veut se retenir et qu'il n'arrive pas à se retenir. Il a l'air affreusement mal. Et pourtant Stella pense qu'elle veut tuer Mister Pfister, lui tirer dessus, le frapper à mort, le piétiner, le déchirer en menus morceaux comme du papier, ici et maintenant, sur-le-champ. Arrêter. Pour que ça s'arrête, tout simplement.

Mister Pfister s'interrompt. Blême.

Il dit, porte plainte. Maintenant tu portes plainte, fais-le.

Je le fais, dit Stella. Je le fais.

Chapitre 21

J'ai peint deux foulards en soie, écrit Clara à Stella, *avec des motifs chinois, des fleurs de lotus et des oiseaux, mais entre le lotus et les oiseaux quelque chose d'autre est caché, un truc absolument minuscule, plutôt moche, il faut que tu le cherches. Un foulard pour toi et un pour moi. Alma a de gros problèmes d'adaptation au jardin d'enfants, et Ricky perd toutes ses dents d'un seul coup, la nature est drôlement faite, tu ne trouves pas, toutes ces nuits blanches qu'on passe avec les bébés qui hurlent quand ils font leurs dents, et cinq ans plus tard voilà qu'ils les recrachent toutes. Tu te souviens du sourire édenté d'Ava bébé ? Et comme nous étions fatiguées ? L'éducatrice d'Alma me dit qu'elle est encore très enfantine, et j'aurais pu lui répondre, évidemment, que voulez-vous qu'elle soit bon sang, c'est encore une enfant, que je sache, ce genre de repartie me vient toujours trop tard, quand nous sommes depuis longtemps de retour à la maison. Par chance j'ai beaucoup à faire, sinon je retirerais tout simplement Alma du jardin d'enfants. Mais j'ai deux tableaux à terminer, et j'ai fini l'ébauche pour la sirène, la sirène a ton visage. Quand je l'aurai coulée, il faudra que tu viennes la baptiser. Ava a le droit de choisir le nom, si les enfants ne se revoient pas bientôt, plus tard elles se croiseront dans la rue elles ne se reconnaîtront même plus, c'est une idée horrible, je trouve. Mais peut-être qu'elles se reconnaîtront quand même ? Qu'elles reconnaîtront quelque chose chez l'autre, vaguement, comme un pâle souvenir d'une chose qui un jour a été. Nous avons commandé du bois pour l'hiver, le livreur a déchargé son camion au milieu de la pelouse, et maintenant j'empile le bois en meule, il n'y a pas de meilleure occupation. Stupide et bénéfique. L'odeur du bois est délicieuse, l'ordre parfait des bûches extrêmement apaisant. Au fond, je ne veux plus faire que des choses de ce genre. Ranger, classer, jeter. C'est débile ? Qu'est-ce que tu dirais. Je crois que plus je vieillis, plus je veux qu'on me fiche la paix. Je veux être assise dans la cuisine, tranquille, fumer toute seule, réfléchir à un truc ou un autre, je n'aurais pas pensé que ça deviendrait aussi important pour moi. Les enfants m'arrachent tout le temps à ça. C'est ainsi. Couper des quartiers de pommes, laver du linge, repasser des chemises. Autrefois, j'ai pu m'imaginer de temps en temps que j'étais quelqu'un d'autre. Aujourd'hui je suis réduite à moi-même. Fatiguée et dépassée. Mais les foulards sont tout de même magnifiques à l'arrivée et je pense toujours à toi, j'ai l'impression que tu es juste sortie faire un petit tour et que tu vas revenir bientôt, je pense toujours que tu vas revenir bientôt. Stella, comment ça va ? Les corbeaux volent-ils toujours autour de la tour ?*

Je voudrais que tu fasses tes bagages, dit Jason au téléphone.

Je voudrais que tu mettes dans un sac des pull-overs, des chaussettes et des livres pour toi et pour Ava, et je voudrais que tu t'en ailles. Va à la campagne, va dans la maison de Paloma, restes-y quelque temps. Je voudrais que pour une fois tu m'écoutes. Juste une fois.

Quand est-ce que je ne t'ai pas écouté, pense Stella. Qu'est-ce que ça veut dire. Est-ce qu'il y a eu des moments où j'aurais dû t'écouter, faire ce que tu disais, et où au lieu de ça j'ai fait autre chose ? Mais quoi ?

Elle écoute Jason. Elle écoute. Elle prépare un sac, un pull-over et des chaussettes, le hérisson d'Ava, deux brosses à dents et sept livres. Met le sac dans le vestibule. Pose l'imperméable d'Ava sur le sac, et à côté ses bottes en caoutchouc.

Cet endroit, dit le réparateur de vélos, existait déjà avant toi, et après toi il sera toujours là. Les lieux agissent sur toi, mais tu n'agis pas sur eux. Ce lotissement reste là, que tu y sois ou pas. Ta maison reste une maison, elle ne tombe pas en cendres quand tu en franchis le seuil pour la dernière fois. Tout ce que tu ressens ne se produit qu'à l'intérieur de toi, il n'y a que ce qui est en nous – rien d'autre. C'est décevant. Mais au moins c'est clair – la constante, c'est toi.

Il fait rouler la roue qu'il vient de rayonner. La roue tourne rond. La lumière du soleil se prend dans les rayons, qui la centrifugent et la renvoient.

Donc il y a des étoiles comme ça et des étoiles comme ça, dit Ava. Des toutes petites avec plein de branches et des normales avec cinq branches, elle montre les branches sur les doigts de sa main gauche. Tante Sonja, elle dit que toutes les étoiles sont mortes depuis longtemps, mais ça veut dire quoi en vrai ? J'ai cassé ma barrette, ma barrette maintenant elle est partie. J'aimerais bien aussi avoir les cheveux bouclés, des cheveux très longs et bouclés, juste une fois. Quand tu étais petite, tu ne voulais pas t'appeler

Stella, c'est papa qui me l'a raconté. Tu voulais t'appeler Sylvia. C'est ça ? C'est vraiment vraiment vrai ? J'aime seulement ta cuisine et la cuisine de papa. Je ne veux plus jamais manger à la cantine. Le rire qu'il a, Stevie. Il faudrait que tu l'entendes un jour. Est-ce qu'on peut aller à la mer ? Est-ce qu'on peut aller voir papa sur son chantier ? Est-ce que cet été il va faire encore plus chaud que ça ? J'aimerais qu'il fasse toujours très très chaud. Aujourd'hui on est allés au guignol et tu sais ce que c'était le spectacle – c'était le loup et les trois petits cochons. Je veux rester ici. Ici il y a Stevie. Je ne veux jamais m'en aller d'ici. Jamais !

Le policier qui enregistre la plainte a des yeux mélancoliques et une moustache, sa chemise est froissée, il donne l'impression d'être de service depuis vingt-quatre heures. Il est obligé de sortir de la pièce au moment où Stella fond en larmes – elle fond en larmes comme Ava, sanglote au point qu'elle a du mal à parler, mais il revient, il apporte un paquet de mouchoirs et un gobelet de thé au lait sucré et bouillant. Son bureau est sinistre, les fenêtres sont très haut, juste sous le plafond, impossible de regarder dehors. Sur la table il y a tout de même une plante et au mur des cartes postales des îles Canaries, des pyramides mexicaines, exactement comme dans le bureau de Paloma.

Stella est interrogée. Il faut bien qu'elle fasse une déclaration détaillée, mais elle ressent ça comme un interrogatoire.

Depuis quand connaissez-vous Mister Pfister.

Je ne connais absolument pas Mister Pfister.

Vous ne l'avez pas rencontré ?

Je le rencontre tous les jours. Il sonne tous les jours chez nous, il n'empêche que je ne le connais pas, il fait une fixation sur moi sans me connaître, vous ne comprenez pas ce que je veux dire, vous ne voyez pas de quoi il s'agit, ou quoi ?

Mais si, mais si, je comprends ce que vous voulez dire, je vois de quoi il s'agit, dit le policier, il essaie de prendre un ton apaisant, mais regarde Stella d'un air sceptique, il dit, mais il faut malgré tout que nous notions tout cela étape par étape en commençant du début.

Et Stella pousse le carton à chaussures sur la table, elle le lui remet. Elle décrit les coups de sonnette, les objets dans la boîte aux lettres, la rencontre au centre commercial, la première et dernière conversation entre elle et Mister Pfister. Elle voit le policier sortir du carton à chaussures les bouts de papier, les feuilles, les allumettes, briquets, CD et magnétophone, les photos, et tandis qu'il reformule, résume et enregistre ses phrases sur son ordinateur, elle voit effroi, colère et peur se désintégrer.

Ce n'est pas communicable. Le réparateur de vélos l'a bien compris, il n'y a que ce qui est en nous, rien d'autre.

Elle dit malgré tout, vous me croyez ? Je veux dire, vous me croyez quand je dis qu'on ne peut pas supporter ça ?

Le policier dit, oui, je vous crois. Je peux vous dire aussi que vous avez toutes les raisons d'être venue ici. Seulement vous venez plutôt tard, je trouve. Qu'est-ce que vous faites comme métier au juste ?

Infirmière, dit Stella. Je suis infirmière.

Elle croit voir à l'expression du policier que ce métier explique pas mal de choses. Les infirmières sont très solides, mais elles ont le syndrome du sauveur. Ne se défendent pas si bien que ça, sont toujours un peu longues à la détente.

J'ai un enfant, dit Stella. Je suis mariée. Elle dit ça comme si ça changeait quelque chose.

Le policier va aux toilettes, et Stella attend de ne plus entendre ses pas dans le couloir, alors elle se penche par-dessus la table et tourne l'écran de l'ordinateur vers elle.

La plaignante est visiblement choquée par les événements.

Visiblement choquée.

Cette phrase est un cadeau. Stella le voit, l'accepte et remet l'ordinateur en place, pose les mains sur ses genoux et attend.

Alors, ça a donné quoi, dit Jason au téléphone.

On verra bien, dit Stella. Maintenant ils vont aller chez lui et l'informer qu'à partir d'aujourd'hui, à la moindre tentative d'approche il est passible d'une sanction. Ils appellent ça une visite de désescalade. Ils m'ont dit que l'expérience a prouvé qu'après une visite de désescalade, la situation peut encore s'aggraver.

C'est pas vrai, dit Jason. Et quel genre de gens ils envoient dans ces cas-là.

Des policiers qui sont spécialisés dans les hooligans, dit Stella. C'est génial d'une certaine manière de pouvoir dire ça comme ça.

Bon, je me mets en route, dit Jason au bout d'un moment. Je pars. Je vais à la maison et puis je viens vous retrouver. Fais attention à toi. Stella.

À tout de suite, dit Stella d'un ton léger. Alors. À tout de suite. Salut.

Je me réjouis que vous vouliez prendre congé de moi, dit Esther aimablement. C'est complètement passé de mode, de prendre congé, les gens pensent que ça n'est pas du tout nécessaire. De dire au revoir. Au revoir. Elle étire le mot en longueur avec dédain. Nous deux, il faudrait que nous trouvions un autre mot pour nous quitter, car nous ne nous reverrons plus. Pas dans cette vie, du moins. Qu'allons-nous dire – adieu ? Bon, ce n'est pas encore pour tout de suite. Je me suis faite belle pour vous, vous avez remarqué ?

Par-dessus son pyjama, Esther porte un pull-over avec des fils dorés et argentés, elle est allée toute seule chercher ce pull et l'a enfilé, a tenu mordicus à parvenir jusqu'au séjour par ses propres moyens. Elle s'est barbouillé les joues de rouge et peigné les cheveux dans tous les sens, s'est mis autour du cou un collier avec des éléphants en ivoire, elle ressemble à un clown fiévreux.

Oui, dit Stella. J'ai remarqué. Vous êtes époustouflante, merci beaucoup.

Esther rit, comme si elle n'en pensait pas moins. Ouvrez la porte gauche de l'armoire. Prenez deux verres, non pas ces minuscules ronds, les grands verres gravés, c'est ce qu'il nous faut. Vous pouvez choisir, cassis ou cerise, vous préférez quoi, moi j'ai toujours eu un faible pour le cassis. Il faut que vous vous penchiez, allez, les bouteilles sont tout en bas, fouillez un peu, plus à gauche, voilà, c'est merveilleux, je ne savais pas qu'il en restait encore autant.

Ce n'est pas autorisé en principe, dit Stella.

Justement, dit Esther. Ce n'est pas autorisé en principe.

Stella remplit les deux verres.

À ras bord, dit Esther, n'hésitez pas. N'hésitez jamais ! La vie entière est un gouffre, et moins vous avez peur, plus longtemps vous regardez au fond, plus vous y gagnerez. Vous comprendrez ça un jour, je vous tiens pour un peu moins bornée que toutes les autres. À la vôtre.

L'alcool est suave et fort, Stella le sent aussitôt dans ses jambes et dans sa tête, un poids qui disparaît à midi pile. Esther boit en faisant claquer sa langue. Elle prend la bouteille des mains de Stella et remplit les verres une deuxième fois, elle dit, vous pouvez manger une pomme avec, vous avez une tête à manger des pommes sans arrêt. Je n'ai jamais mangé de pommes. Jamais.

Elle se penche sur le côté et balaie le canapé d'un geste étonnamment vigoureux, le tas de vieux journaux atterrit par terre. J'ai quelque chose pour vous, un petit cadeau, en guise d'adieu, où est-il, je l'avais caché ici, je le sais parfaitement. Elle écarte une boîte de chocolats, soulève les coussins. Le voilà. Prenez-le, mettez-le dans votre sac, qui d'ailleurs est beaucoup trop grand.

Une petite boîte. Un coffret rectangulaire en bois marron, peut-être du cerisier, petit comme un cercueil pour une souris.

Stella soulève le couvercle et regarde à l'intérieur. Le coffret est vide.

Évidemment qu'il est vide, dit Esther triomphante. Trouvez quelque chose à mettre dedans. La toute première chose qui sera importante pour vous dans votre nouvelle vie – mettez-la dedans, et jetez-y un coup d'œil de temps à autre, peut-être qu'elle va se transformer. Je vous souhaite bonne chance, vraiment, vous pouvez me faire confiance. Et la confiance, ce n'est pas votre fort, je me trompe ?

Chapitre 22

Devant la fenêtre de la chambre où dorment Stella et Ava, les cloches de l'église du village sonnent le dimanche matin. Ava dort profondément, comme s'il lui fallait récupérer de quelque chose. Stella reste longtemps allongée sur le côté à la regarder, le visage d'Ava, soustrait au monde, a une expression à laquelle elle a du mal à s'arracher. Puis elle se lève. Dans la cuisine, un feu rougeoie dans la cuisinière, sur la table il y a du café dans une cafetière argentée, Paloma est à l'église. Stella sort dans le jardin, pendant la nuit il a enfin plu et l'herbe est encore trempée et froide.

Elle se poste derrière la barrière de guingois et, du jardin, regarde la route, la départementale qui vient du village, passe devant la maison, grimpe la colline et continue au-delà dans l'inconnu. À l'horizon, les éoliennes commencent à tourner, hésitantes. Les pins dans le jardin craquent comme à la maison. De la cheminée monte la fumée du feu qui brûle dans la cuisine, elle stagne au-dessus du toit puis se dissipe contre le ciel.

Le soir précédent, Mister Pfister a rassemblé ses papiers en un gros tas derrière la maison, tous ses papiers, journaux, bloc-notes, cahiers, feuilles de papier d'emballage, courrier publicitaire, carton, toutes les photos sans exception, et même les grosses enveloppes rouges, elles aussi. Quelqu'un a appelé la police. La police est venue et elle a dissuadé poliment mais fermement Mister Pfister de mettre le feu à ce tas par-dessus le marché. Mots, gros titres, images, l'enchaînement des pensées et des questions, les énigmes insolubles, tout cela a été détrempé par la pluie pendant la nuit, et s'est finalement dissous à jamais.

Mister Pfister a été emmené au poste vers vingt-deux heures. Au poste, il a pu assurer à la police de manière crédible qu'il était à bout de nerfs, et voilà tout. Il est tout simplement à bout de nerfs, ce sont des choses qui arrivent, tout s'est accumulé, c'était trop pour lui, il suffit qu'il se repose, ça va passer. Tout rentrera dans l'ordre. Pas la peine de s'inquiéter. Il va gérer ça, il s'y engage.

Il a aussi été mis au courant du fait que Stella avait porté plainte.

Qui ?

Stella. Infirmière de profession, trente-sept ans, mariée, mère d'un enfant.

Ah, oui.

Dans la semaine qui vient il recevra une mise en demeure et a été informé que désormais à la moindre tentative de contact avec Stella il sera passible d'une sanction. À la moindre tentative. Au moindre message, à la moindre demande d'excuse. De n'importe quelle nature. Mister Pfister en a pris connaissance. A confirmé par sa signature qu'il en avait pris connaissance, a tracé son nom de son écriture féminine. Au petit matin, on l'a renvoyé du commissariat chez lui. Son chemin passe devant la maison de Stella, alors comment s'en empêcher, évidemment il a sonné à sa porte, toutes les fenêtres sont restées obscures, la situation est ce qu'elle était.

À présent il est chez lui et il détruit sa maison de l'intérieur, de l'intérieur vers l'extérieur, méthodiquement. Il détruit son mobilier, il le démonte, le découpe en morceaux, et balance le tout dans le jardin, par la fenêtre au-dessus de l'évier, chaise et table, suivies des tasses, bouteilles et verres, poubelle, couvertures, chaussures. Jusqu'à ce qu'il n'y ait plus rien. Mister Pfister s'enroule dans une dernière couverture et se couche par terre. Par les fenêtres brisées le vent s'engouffre dans la maison.

Ava dort presque jusqu'à midi, puis elle appelle Stella. Stella s'assied sur le bord du lit. Ava dit bonjour, Stella a l'impression qu'Ava est assez grande tout à coup pour savoir que ça peut être une belle chose de dire bonjour. Peut-être ne le sait-elle pas encore, mais elle le devine déjà. Bonjour. Elle aide Ava à s'habiller et va avec elle dans la cuisine, Ava a envie d'emmener son hérisson, elle prend la main de Stella et se comporte avec autant de solennité que pour ouvrir les festivités d'un anniversaire d'enfant. Paloma est revenue de l'église et a mis sur la table sa plus belle vaisselle, les tasses à thé sont bleu foncé, avec des étoiles qui scintillent au fond. Il y a du gâteau marbré avec des framboises qu'elle a cueillies elle-même, des abricots et même de la crème au chocolat, Ava est assise sur trois coussins et dit, j'ai une faim de loup. Vous savez comment ça a faim, un loup ?

Paloma, qui chez elle paraît plus douce et plus fatiguée que dans sa vie à l'extérieur, verse dans la tasse d'Ava du cacao très chaud et pose le sucrier à côté. Elle dit, si vous voulez on peut aller au lac. On peut aller se baigner, voir un peu ce que fait le castor. D'habitude, Paloma est seule dans cette maison, elle va seule au lac, va seule voir ce que fait le castor, boit seule son thé, sûrement pas dans les tasses bleu foncé. À moins que ?

J'ai entendu un corbeau, dit Ava, elle penche la tête, ouvre grands les yeux et lève l'index, vous avez entendu aussi. C'est mon corbeau domestique, dit Paloma. Si tu as de la chance, il fera pour toi un tour d'adresse, c'est un artiste, il est capable de faire deux sauts périlleux en vol.

Stella se sent tellement sonnée qu'elle est presque heureuse. Comme si cette cuisine était une île, qui l'eût cru. Elle sait gré à Paloma de ne vouloir apparemment rien dire sur la situation actuelle, rien sur la véritable raison de la visite de Stella et Ava. Mais d'un autre côté, elle souhaite que Paloma en parle, qu'elle pose une question, qu'une possibilité s'offre, comme une issue.

Nous, on a un stalker, dit Ava. Elle se détourne de Stella, comme si elle venait de lire dans ses pensées, comme si le moment était enfin venu. Elle recrache un noyau d'abricot et bouche avec ses mains les oreilles du hérisson sur ses genoux.

On a un stalker, comment il est, en vrai ?

Banal, dit Stella. Il a l'air banal, tout à fait normal, comme toi et moi. Si on le voit dans la rue, je te le montrerai. Mais tu n'as pas du tout besoin de savoir comment il est, on ne le rencontrera plus. Et tu n'as pas besoin d'avoir peur.

Elle croise le regard de Paloma, l'expression attentive de ses yeux.

Dimanche en début d'après-midi, Mister Pfister, qui a dormi tout habillé, renfile ses chaussures. Il pousse du pied un objet qui est en travers de son chemin, attrape une dernière bouteille, quitte sa maison et laisse la porte et le portail grands ouverts derrière lui.

Il passe devant la maison du réparateur de vélos sans y jeter un coup d'œil. Le réparateur est sorti lui aussi, parti comme chaque dimanche faire une virée dans la vaste campagne. Mister Pfister descend la rue, l'enfant bossu au regard perçant croise sa route, comme chaque fois, croise sa route de droite à gauche, ne le regarde pas, disparaît dans les jardins si luxuriants à présent. Mister Pfister peut entendre les gens qui parlent entre eux. Le cliquetis des tasses à café et des soucoupes venant des terrasses ombragées, un chuchotement. Il peut entendre les chiens aboyer dans le lointain, il entend le vent dans le champ.

Au-dessus de la maison de Stella, un soleil voilé d'après-midi. Pas de voiture dans l'allée, la porte d'entrée fermée, la fenêtre du pignon ouverte, et le drapeau orange est hissé.

Personne en vue.

Il n'y a personne en vue. Stella est-elle chez elle ?

Après la soirée de la veille, les heures au commissariat, les conversations surprenantes, le nettoyage par le vide, le nouveau rangement, la matinée sur le sol enroulé dans la vieille couverture, Mister Pfister a un peu perdu le fil. Ce point de vue selon lequel il a un peu perdu les pédales, on peut le corriger, il faut remettre ça d'aplomb. Il s'arrête devant le portail et regarde. Tout. Il regarde bien en détail. Et cette fois il ne sonne pas, il renonce tout simplement au coup de sonnette, et au lieu de ça il enfonce d'emblée le portail du jardin à coups de pied, l'enfonce tout simplement à coups de pied pour la deuxième fois, comme l'autre jour avec la photo du lit d'autrefois quand il a – mais arrivé là il ne peut pas penser plus loin, arrivé là ses pensées tournent court. Le portail cède, Mister Pfister pénètre dans le jardin. Des couleurs opalescentes, radicales et, par-dessus ces couleurs, le vrombissement fantastique des insectes. La maison de Stella se met à tanguer. Quelque chose pousse les vitres de l'intérieur vers l'extérieur. Du gravier et des vieilles vis jaillissent de l'escalier devant la porte d'entrée, la prédilection de cet enfant pour les cochonneries, la bêche posée contre le mur de brique rouge glisse sur le côté, la chaleur intense fait rougeoyer le mur de brique. Mister Pfister a maintenant atteint la porte d'entrée. Il pourrait encore sonner, il n'a encore jamais sonné ici, au fond. Il pourrait lui accorder encore cette fois une ultime chance, la chance d'ouvrir la porte comme une personne normale nom de Dieu, et de dire, hello, c'est bien que tu sois passé, entre, assieds-toi, que puis-je t'offrir. A-t-elle mérité une ultime chance.

Stella. Trente-sept ans, infirmière de profession, mariée, mère d'un enfant.

Non, elle n'a pas mérité.

Mister Pfister prend de l'élan. Il franchit l'escalier d'un bond et se jette contre la porte, au point que les murs tremblent. Il envoie une salve de coups de pied contre la porte, à la hauteur de la serrure, contre le bois sec, peint en blanc, contre les vitraux qui de manière surprenante refusent de céder. Puis il fait une pause. Il s'arrête, il est hors d'haleine, il attend. La porte s'ouvre.

Jason est dans l'encadrement de la porte. Il tient à la main le bâton que Stevie a offert à Ava, le bâton avec lequel, pour Stevie, Ava s'exerce au kata, au bunkai, au shotokan, suivant un tracé imaginaire en forme de H, un tracé en forme d'étoile, le bâton est lourd et solide. La semaine dernière, Ava s'est exercée devant la maison, est rentrée se promener à l'intérieur, a laissé tomber son bâton dans le vestibule pour aller dans la cuisine boire un verre de citronnade glacée, Stella a ramassé le bâton et l'a posé contre le mur à côté du portemanteau. Jason a pris le bâton dans sa main, et c'est avec ce bâton à la main qu'il a fini par ouvrir la porte.

Il frappe aussitôt. Lève le bâton, prend son élan, frappe. À coups de bâton, il fait reculer Mister Pfister du perron dans l'allée, au début c'est facile de le faire reculer dans l'allée parce que Mister Pfister est très surpris, mais voilà qu'il se met à pousser des hurlements et à parer les coups de Jason en hurlant.

Jason le frappe aux genoux, dans le dos, sur la colonne vertébrale, sur les épaules. C'est seulement quand Mister Pfister réussit à briser contre la marche du perron la bouteille qu'il ne veut tout simplement pas lâcher, quand il essaie d'enfoncer dans le ventre de Jason le col cassé de la bouteille, que Jason le frappe sur la tête.

Il lui donne un coup de bâton sur le crâne et Mister Pfister s'effondre, lâche son col de bouteille, lance des coups de pied à Jason, il a déjà les mains en l'air mais il continue à lancer des coups de pied à Jason, bave et piaille. Le gravier blanc devant le perron est assez vite couvert de sang. Mister Pfister est tombé au milieu des débris de verre et en plus il a visiblement un trou dans la tête. Il se pisse dessus. Une odeur de tilleul et de trèfle, d'urine, de sueur et de merde. Il semble que pendant un court moment – c'est un moment d'apothéose – Jason ne puisse plus s'arrêter de frapper sur le crâne de Mister Pfister. De fendre solennellement ce crâne en deux, il frappe, il frappe. Encore et encore.

Et puis ça passe.

Jason attrape Mister Pfister par son pull-over sale, chaud, ensanglanté, trempé, et le traîne dans l'allée, loin de la porte, vers le portail, il le traîne au-dehors sur le trottoir et le laisse là. Il retourne dans la maison, jette le col de bouteille, les débris de verre dans la poubelle, repose le bâton dans le vestibule, ferme derrière lui la porte d'entrée, qui présente des traces nettes des semelles de chaussures de Mister Pfister. Il traverse le jardin et sort dans la rue. Mister Pfister s'est relevé, adossé à la clôture, il pleure, son visage est barbouillé de sang, avec sa main droite il tient son bras gauche écarté de son corps, ses mains sont ensanglantées et il crache du sang quand Jason passe à côté de lui.

Puis il tombe comme une masse. Quelque chose frotte sur l'asphalte, Mister Pfister sanglote comme un enfant, puis s'arrête.

Jason descend le chemin forestier.

La rue est comme tous les dimanches. Rien n'a bougé.

Stella, Paloma et Ava sont sur le chemin du lac quand le téléphone de Stella sonne. Le chemin est boueux, marécageux, le castor a construit un barrage sur le lac et abattu les saules, entre les souches poussent des laîches. Le chemin est ensorcelé, les canards effarouchés s'envolent des roseaux, Ava cueille des coucous et des arums sauvages, elle est loin devant.

La nuit commence déjà à tomber un tout petit peu plus tôt, dit Paloma. J'appréhende quand il fait nuit tôt, l'été est beaucoup trop court.

Oui, dit Stella, cet été est court.

La sonnerie du téléphone au fond du panier est étouffée sous les maillots de bain, les serviettes, la crème solaire, elle le sort précautionneusement et lit sur l'écran le nom du policier aux yeux mélancoliques. Elle se détourne de Paloma. Paloma continue à marcher.

Allô, dit Stella.

Le policier dit, je suis dans votre maison. C'est une jolie maison. Où êtes-vous, vous allez bien ? Vous allez bien ?

Je vais bien, dit Stella. Elle regarde autour d'elle les roseaux, le sombre paysage du lac, les tonalités de vert intenses, Ava et Paloma au bout du chemin, qui lui font signe, Stella agite la main en retour, elle dit, comment ça vous êtes dans ma maison.

Elle voit le policier dans sa cuisine. La table, les crayons de couleur d'Ava, la planchette avec les épluchures de pomme, le trognon, le galet de Jason ; est-ce qu'en haut les lits sont faits, la salle de bains en ordre, Stella a peur de trahir quoi, elle voit le policier debout dans sa cuisine comme un plan fixe : arrêt sur image. Comme si toute sa vie avait tendu vers cette unique image.

Il dit, il y a eu ici une altercation. Une escalade. Quelqu'un a appelé la police, et il y a tellement de sang devant votre perron que nous avons cru qu'il vous était arrivé quelque chose. Vous me comprenez. Vous m'entendez ?

Est-ce que la porte a été forcée, dit Stella. Je vous comprends très bien, je vous entends. Pourquoi êtes-vous dans ma maison ?

Votre porte était fermée, c'est nous qui l'avons forcée, parce que nous pensions que vous étiez à l'intérieur. Nous pensions que vous étiez… blessée, dit le policier, il prononce le mot avec précaution.

Je suis indemne, dit Stella. Je ne suis pas blessée. Je suis à la campagne, je suis loin, je vais bien.

Bon, dit le policier. Mister Pfister est à l'hôpital. Lui ne va pas bien du tout. Est-ce qu'il s'est frappé sur le crâne lui-même ? Vous êtes au courant ? Nous sommes en train de faire installer une nouvelle serrure. Nous vous rappellerons. Restez là où vous êtes, si vous pouvez vous le permettre. Vous faites ça ?

Oui, dit Stella, j'essaie. Différentes images se bousculent dans sa tête, se composent et se décomposent sans aboutir au moindre sens. Où est Jason. Le crâne défoncé de Mister Pfister, c'est comme si elle voyait une coupe en os remplie de feuilles charbonneuses. Stella dit, la maison est vide. Je veux dire – il n'y avait personne à la maison, est-ce que la maison était vide.

Oui, dit le policier, la maison était vide. Enfin disons – elle était aussi vide que peut l'être une maison habitée.

Je ne peux pas rester au téléphone, dit Stella. Maintenant je raccroche.

Le chemin devant elle est désert. Paloma et Ava ont sans doute pris à travers champs. Stella demeure un moment immobile. Comme si quelque chose s'était achevé, comme si autre chose allait commencer.

Chapitre 23

Plus tard, Stella réfléchit parfois à la force énorme qu'il a dû y avoir dans les coups assenés par Jason. À la nature exacte de ces coups. Elle y réfléchit tandis qu'elle emballe la vaisselle, les assiettes et les tasses et le couvercle du sucrier et le sucrier, la théière, les bols à porridge, protège avec du papier journal les verres gravés d'un motif de fleur, les range dans des cartons, ferme les cartons et écrit sur le dessus au crayon à la cire le mot *fragile*, chaque fois répété – fragile.

Elle n'en voit pas la fin.

Elle débarrasse sa table de travail, tandis qu'elle y réfléchit, et elle met des livres qu'elle ne lira plus dans des caisses, et d'autres livres qu'elle aime toujours dans d'autres caisses, et puis elle trie des lettres, les lettres de Clara, les quelques précieuses lettres de Jason, des lettres de gens qui sont déjà morts, les range dans un classeur et elle écrit au dos du classeur, après une longue hésitation – belles lettres.

Elle y réfléchit jusqu'à ce que l'homme de la régie municipale sonne à la porte pour relever les compteurs de gaz et d'électricité, et elle reste à côté de lui et le regarde noter sur un formulaire les chiffres de sa consommation de chaleur et de lumière, comme si c'était la chose la plus banale du monde.

Elle emballe les affaires d'Ava. Elle trie les vêtements dans lesquels Ava ne rentre plus et met dans les valises ceux qui lui vont encore, et elle va jeter à la poubelle pendant qu'Ava n'est pas là les jouets avec lesquels elle ne joue plus. Elle garde toutes les peluches. Elle noue avec soin le mobile du plafond de la chambre, plie la robe de princesse et la met dans la valise bien qu'elle soit devenue trop petite. Elle ramasse tous les livres. Le livre préféré d'Ava – *voici la porte bleue voyons qui habite là nous allons frapper à la porte y a-t-il quelqu'un à la maison sept petits singes que font sept petits singes des singeries* –, le livre ouvert à la main elle est à la fenêtre dans la chambre d'Ava et elle se demande si Jason a pensé à elle pendant qu'il frappait, si Jason en train de frapper pensait à Stella.

Elle trouve un dessin de Jason entre les livres d'Ava. Il a dessiné Stella – vue de la chambre d'Ava, sur la chaise dans le jardin, Stella de profil, dans sa robe grise et pieds nus, les cheveux lâchés et les mains sur les genoux. En dessous il a écrit la date et son nom, Stella, comme s'il voulait être bien sûr de qui elle était. Comme s'il voulait ne jamais l'oublier.

Quand elle sort de la maison, elle voit Jason, penché sur Mister Pfister, un amant. Elle aimerait ne pas voir ça comme ça, mais c'est ce qu'elle voit. Elle songe à effacer les trois noms de la boîte aux lettres avec de la térébenthine, elle les laisse.

Elle écrit à Clara la dernière lettre qu'elle lui écrira de cette maison, assise sur un carton dans la cuisine vide, le bloc de papier à lettres sur les genoux, elle écrit, *Chère Clara, si je n'avais pas attrapé ton bouquet de mariée, peut-être que tout se serait passé autrement, du jasmin et du lilas, est-ce que tu t'en souviens encore ? Je ressens comme une injustice le fait qu'on ne puisse voir et comprendre qu'a posteriori l'enchaînement des choses. Et d'un autre côté je suis heureuse, j'ai un cœur farouche et confiant. Maintenant je vais rendre les clés ; quand je franchirai cette porte, je ne me retournerai jamais plus, pas une seule fois, je te le jure. Et je me dis – où que je sois demain, aujourd'hui est déjà du passé. Prends soin de toi ! Sois à mes côtés, ta...*

Restent les traits de crayon qui ont mesuré la croissance d'Ava. Date et taille en centimètres, le souvenir, tangible pour Stella et personne d'autre, d'un soir de mars, d'un jour d'hiver, d'une après-midi pluvieuse. Une ombre sur le mur, là où il y avait la bibliothèque, l'empreinte des cadres des photos dans la pièce de Jason, cette zone plus claire sur la rampe de l'escalier, là où Stella a pris appui matin après matin, descendant à la cuisine pour faire chauffer l'eau du thé, démarrer une journée ordinaire. Restent les petites décalcomanies d'Ava sur la vitre. Le mur bleu. Le bouquet de lavande lié avec de la ficelle sur l'appui de la fenêtre, et à côté le petit cheval en papier. Un shekel, un coquillage, une pièce de monnaie au bord du bac à sable. Bouillon-blanc, lupins.

Beaucoup plus tard, Stella se rappelle comme un passé très lointain ses années dans le lotissement, cette période de sa vie. La maison, les pièces, la vue depuis la fenêtre de la cuisine sur le champ et au-delà, la lumière du matin et le ciel sont enfermés dans une capsule, désormais inaccessibles. Elle peut voir tout cela de l'extérieur, mais elle ne peut plus le toucher, et elle est étonnée que ça lui manque si peu. Ce qui lui manque – rien. Ou seulement ce qui de toute façon lui manque. Peut-être que c'est tout de même le présent qui compte, son poids léger, imparable, Stella est chez elle, là où elle vit et où elle dort. Il est possible de quitter des lieux, de ne pas tenir des promesses. Elle peut toujours les yeux fermés sortir de la chambre, descendre l'escalier, aller dans la cuisine et mettre l'eau dans la bouilloire avant d'allumer la radio, et elle n'éprouve aucune nostalgie. Ce qui signifie qu'elle pourrait s'en aller de nouveau. Le changement n'est pas une trahison. Et si c'en est une, alors elle n'est pas punie.

Stella, dit Jason, tu es réveillée ? Regarde par la fenêtre, si tu peux.

Qu'est-ce que je verrais, si je pouvais, dit Stella.

Une demi-lune jaune orangé, d'une grosseur inimaginable, un peu au-dessus de l'horizon.

Remerciements

L'auteure remercie
la fondation Heinrich Böll
le Goethe-Institut de Dublin
le Böll-Cottage sur Achill Island
et en particulier Mechtild Manus et John McHugh
pour leur soutien à l'élaboration de ce livre.

Achevé d'imprimer en février 2017
Par CPI France
N° d’impression : 3021609
Dépôt légal : mars 2017
Imprimé en France
81121945-1